읽기의 말들

이 땅 위의 모든
읽기에 관하여

박총 지음

유유

글을 읽을 줄 몰라 누구보다 훌륭한 독자였던
어머니 이종금 님께

머리말들
책읽기와 삶읽기는 서로를 어떻게 빚어 가는가

"인생을 바꾸는 독서혁명 프로젝트"
"삶에 기적을 일으키는 인문학 독서법의 비결"
"인생 역전을 위한 리딩프로젝트"

'독서'로 검색하면 뜨는 책의 부제다. 일견 동의한다. 책이 내 인생을 역전시키거나 운명을 바꾸진 못했지만(내 운명 따윈 책 읽다가 죽는 거라고!) 가끔 소소한 기적을 일으켰으니 말이다. 이들 책이 공히 읊조리는 신앙고백이 있다. "독서는 배신하지 않는다." 실제로『독서는 절대 나를 배신하지 않는다』라는 책도 나왔다. 그런 식으로 책읽기의 덕을 보는 사람도 있겠으나 나는 입버릇처럼 푸시킨을 중얼거린다. "독서가 그대를 속일지라도 슬퍼하거나 노하지 말라."
　'독서는 배신하지 않는다'와 나란히 보좌에 오른 말이 '독서불패'다. 역시『읽어야 이긴다』와『독서불패』란 책이 나왔다. 여기서 불패가 경쟁에서 앞서게 해 준다는 뜻이라면 번지수를 한참 잘못 짚었다. 독서불패가 아니라 독서필패! 간혹 독서가 예상치 못한 성취를 안겨 준다 해도 어떻게 모든 이를 젖과 꿀이 흐르는 땅으로 이끌겠는가. 이 체제는 우리 모두를 승자로 만든 적이 한 번도 없다. 책은 이기기 위해서가 아니라 잘 지기 위해 읽는다. 독서는 품위 있게 지기 위한 무장武裝이다. 나만의 방식으로 멋들어지게 실패하기 위해, 고병권과 이진경의 말을 빌리자면 "아무도 실패해 본 적이 없는 새로운 방식으로만 실패"하기 위해 책을 읽는다.

개천에서 더는 용이 나지 않는다고 한다(양재천과 탄천에선 용이 잘 난다. 너무 많이 나서 문제다. 내가 사는 우이천 같은 데서 안 날 뿐이다). 부모의 빈부가 자녀에게 고스란히 세습되는 빌어먹을 세상에서 독서가 흙수저와 금수저 사이에 놓인 옹벽을 부술 도끼가 되어 주길 나 또한 바란다. 하지만 계층 이동의 협곡이 험해지고 지식이 보편화하면서 독서가 출세를 보장해 준 시대가 저물어 간다. 솔직히 말해 책 사기를 즐기고 책읽기에 맛 들이면 가난해질 가능성이 높다. 그 시간에 한 푼이라도 더 버는 편이 낫다.

독서를 지식 습득의 방편으로 삼는 세태에 넌덜머리를 내는 이들은 대신 인격도야 같은 고상한 목적을 앞세우지만 책을 수단으로 삼기는 일반이다. 책이 나 자신에게 돌아가는 길을 속삭여 준다고 해서 모든 애서가가 인격자가 될 리도 없고 될 필요도 없다. 『읽는 삶, 만드는 삶』의 저자 이현주의 말대로 "모두 자신만큼의 사람이 될 뿐이다."

어떤 이는 지혜를 독서의 보위에 추대한다. 양서가 물리는 젖을 오래 빨다 보면 나도 지혜와 사귄다는 자긍심이 슬그머니 고인다. 조심하라! 지혜를 안다고 자부할수록 사각死角이 너른 법이다. 지혜는 자신을 간절히 찾는 자를 환대하되 제 가장 깊은 존재는 불가해성의 신비 속에 남겨 둔다. 활자책, 자연책, 인생책이라는 3종 세트를 뭉근히 읽어 나가면 지혜는 지식과 달리 맹렬히 추구한다고 해서 획득할 수 있는 전리품이 아님을 배운다. 지혜나 평화, 정체성 같은 덕목은 선물이다. 선물을 매입하거나 쟁취하려는 자는 잃을 것이요, 과분한 맘으로 받는 자는 누릴 것이다. "그럼 굳이 열심히 읽고 살아 낼 필요가 어디 있어?" 이렇게 말하는 이는 어리석다. 지혜와 그 친구를 얻기 위해 내가 할 수 있는 것이 없음을 인정하면서 동시에 내가 할 수 있는 것에 정성을 다할 때 그들은 슬그머니 다가온다. 초청받지 않은 손님처럼.

볼멘소리가 들리는 것 같다. 몸값을 올려 주지도 않고, 인품과 지혜를 가져다주지도 않는다면 대체 왜 책을 읽어야 하느냐고. 원래 독서는 도움이 안 되는 게 맞다. 『종이책 읽기를 권함』의 저자 김무곤의 말마따나 책읽기는 늘 "아무짝에도 쓸모없다." 생산력과 효율성이 으뜸인 시대에 쓸모없는 것은 우리를 안달 내게 하거나 억압하지 않는다. 그것이 책의 가장 큰 쓸모이고 거기가 책이 있어야 할 자리다. 장자의 무용지용無用之用이 이것일까. 쓸모없어짐으로 자신의 쓸모를 드러내는 책.

독서가 무익하다고 하면 거짓이겠으나 유익을 캐내기 위해 책장을 넘긴다면 평생 읽는 책이 무엇인지도 알 수 없고, 책을 읽는 내가 누구인지도 알 수 없다. 책읽기의 묘미가 여기에 있다. 명토 박아 말하건대 있어도 그만 없어도 그만인 '잉여의 책읽기'야말로 독서의 최고봉이다. 순수한 유희와 쾌락을 위한 독서가 사무치게 그리운 시대다.

중국 남송의 시인 이청조는 내가 아는 한 독서의 향락을 최대치로 누린 사람이다. 그의 남편 조명성이 급료를 받는 날이면 두 사람은 고서나 탁본拓本을 사러 나간다. 집에 돌아와 과일을 까먹으면서 그날 들인 탁본의 내용을 함께 살피고, 차를 마시면서 다른 책과 차이점을 비교하기도 한다.

나는 기억력이 좋다. 그래서 저녁을 먹고 나면 귀래당歸來堂에 앉아서 차를 끓여 놓고는 선반 위의 책더미를 가리키며 어느 책 어느 페이지, 어느 줄에 어떤 구절이 있는가를 추정하고, 누가 맞혔나를 확인하여 맞힌 사람이 먼저 차를 마시곤 하였다. 추측한 바가 맞으면 우리는 찻잔을 높이 들고 크게 웃었고 어떤 때는 너무 심하여 차를 옷 위에 엎질러 마실 수가 없었다. 우리는 그러한 세계에서 삶에 만족하였고 또 성장하였다. 비록 가난과 고뇌 속에서 살기는 하였지만 우리는 고개를 들고 살았다.

가난과 고뇌 속에 거했으되 고개를 들고 살았다고 한다. 그걸로 됐다. 권력과 재물 대신 책을 움켜쥔 대가 치곤 충분하지 않은가.

*

모 출판사와 계약한 에세이집을 삼 년이 되도록 맺지 못하고 유유출판사와 손을 잡았다. 소속사를 옮기고 빛을 보는 연예인도 있던데 나는 여전히 원고를 탈脫하지 못했다. 그러다 대표님이 "다른 책으로 먼저 몸을 풀어 보면 어떨까요" 해서 덥석 문 것이 이『읽기의 말들』이다.

근데 이 책, 과연 팔리기는 할까. 평소 책읽기를 즐기는 이는 굳이 이 책을 읽지 않을 테고, 책을 읽지 않는 이는 이 책도 읽을 리가 없는데 나는 대체 왜 이런 책을 쓰고 있는가. 기실 독서를 논하는 책 백 권을 읽는 대신 인생책이라 부를 만한 한 권을 백 번 읽으면 '읽기'를 훨씬 잘 배운다. 독서법에 관한 책이 안 팔릴까 봐 아무도 누설하지 않는 이 바닥 비밀이다.

백독이 어려워 읽기에 관한 책을 편다면 부디 이 책이기를 바란다. 『읽기의 말들』은 '지상의 모든 읽기'를 다룬다. 두고두고 되새김질할 아포리즘과 거기에 얽힌 경험과 단상을 버무려서 갈피마다 웅숭깊은 메시지를 머금도록 했다. 언뜻 생각나는 대로 나열하면, 속독과 정독, 묵독과 낭독, 다독과 재독, 열독과 완독, 필사의 소용, 책의 효용과 무용, 자녀 독서 지도, 시와 소설 읽기, 베스트셀러와 고전, 대형서점과 동네 책방, 새 책과 헌책, 독자와 저자의 관계, 책을 다루는 법과 소장 규모, 책과 혁명, 삶을 바꾸는 책읽기와 삶을 받아들이는 책읽기 등 도서와 독서의 숱한 측면을 톺는다. 나아가 활자책에만 머무르지 않고 자연책, 사람책, 세상책까지 망라한다. 그렇게 읽기의 안팎을 넘나들며 사유를 펼쳐 놓되 늘 염두에 둔 것이 '책읽기와 삶읽기는 서로를 어떻게 빚어 가는가'였다. 책을 말하지만 삶을 말하고, 읽기를 말하지만 살기를 말하는 책이다.

디즈레일리는 말했다. "자기의 저서에 대해 말하는 저자는 자기의 자식에 대해서 말하는 어머니와 같은 잘못을 저지른다"라고. 자기 책을 놓고 떠들어 봐야 민망한 노릇이니 이만 줄이련다. 다만 망구엘이 "어떤 책은 그 안에 이상적인 도서관을 담고 있다"라고 했듯이 『읽기의 말들』이 책읽기와 삶읽기에 관한 도서관 같은 책이 된다면 기쁘겠다.

출산은 언제나 피를 말리는 일임을 절감한다. 이만하면 쏟아져 나오는 출간물의 강물에 띄워 보내도 될 텐데 붙들고 내려놓기를 반복하다가 해를 훌쩍 넘겼다. 이십 세기 멕시코 문학의 거장 알폰소 레예스가 "우리는 초고를 계속 수정하지 않기 위해 출판을 한다"고 했는데 옳다. 이제 그만 책에서 벗어나고자 책을 낸다.

말은 이렇게 해도 집필 과정에서 가슴이 벅차오른 적이 한두 번이 아니었다. 연서戀書를 쓰다가 정인情人을 향한 숨은 사랑을 발견하듯이 이 책을 쓰면서 내가 책을 이렇게나 사랑했구나 싶어 눈물이 났다. 이제야 실토하자면 이 책을 쓰다가 책을 향한 사랑에 북받쳐서 번번이 펜을 내려놓고 읽기로 외도를 했다. 원고 진도가 나가지 않은 것도 사실이지만 책이 간절해서 견딜 수 없었다. 이책을 읽는 벗들이 그런 심정에 공감한다면 더 바랄 것이 없겠다.

책이 좋아서, 하염없이 좋아서 책을 읽기 시작했고 손수 책을 쓰기에 이르렀다. 순수한 독자로 출발했지만 나중엔 글빚과 말빚(강의와 설교)을 갚기 위해 책을 읽었다. 모리스 블랑쇼의 말대로 그렇게 비非독자가 됐다. 이 책을 마무르면서 잠시나마 비독자를 벗고 독서할 의무가 없는 순정독자로 돌아갈 수 있다는 사실이 가장 기쁘다. 열아홉 살의 버지니아 울프가 제 오빠에게 말했듯 "난 시커멓게 될 때까지 책을 읽고 싶어" 이 책을 끝낸다. 책의 품에 얼싸안길 생각에 몸이 달아오른다. 같이 달아오르면 덜 부끄럽겠다.

그저 펼치는 것만으로 어디든
데려다주는 건 책밖에 없지 않니.

가쿠타 미쓰요, 『이 책이 세상에 존재하는 이유』 중에서

∅∅1

어린 내게 책은 『아라비안 나이트』에 나오는 마법의 양탄자였
다. 얇은 책장에 오르도록 나를 가볍게만 만들면 가난도 자괴감도
어머니의 한숨도 없는 먼 곳으로 떠날 수 있었다. '발 없는 말이 천
리 간다'는 속담을 처음 들었을 때 '맞아. 발 없는 책이 천 리 너머
로 날 데려가 주지'라고 이해할 정도였으니 말이다.

일본 소설가 가쿠타 미쓰요의 작품에 등장하는 할머니는 일찍
이 책에 올라타는 재미를 알았다.

어렸을 때 할머니한테 물어본 적 있어요, 책 어디가 그렇게 재미

있냐고. 그랬더니 무슨 소릴 하냐는 얼굴로 저를 보시고는 "그저 펼치는 것만으로 어디든 데려다주는 건 책밖에 없지 않니" 하시더라구요. 이 마을에서 태어나 도쿄 한 번 가 보지 못한 할머니한테 책은 세상으로 통하는 문이었을지도 모르겠어요.

기시 마사히코의 『단편적인 것의 사회학』에 보면 앞 인용구의 주석이라 해도 좋을 문장이 나온다. "네모진 종이책은 그대로 온전히 바깥세상을 향해 열려 있는 네모난 창이다. 따라서 우리는 책을 읽으면 실제로는 자기 집이나 거리밖에 알지 못하면서도 여기에 없는 어딘가에 '바깥'이 있고, 자유롭게 문을 열고 어디에라도 갈 수 있다는 감각을 얻을 수 있다." 판타지 문학만이 이런 경험을 선사하지 않는다. 모든 책은 쥐기만 하면 순간 이동 장치로 화化한다.

살풍경한 현실을 24시간 365일 내내 직면할 만큼 강한 이는 많지 않다. 나같이 유약한 사람은 가끔 책으로 달아나기도 해야 엄혹한 생을 지속할 수 있다. 물론 활자의 무지개 다리를 건너 저 너머에 가 닿는다 해도 책장을 덮자마자 엄연한 현실로 소환된다. 가끔 강렬한 환상이 독자를 따라 책 밖으로 튀어나오기도 하고 현실과 버무려져 꿈인지 생시인지 몽롱한 기운에 취하기도 하지만 며칠 지나면 그런 '약발'도 어김없이 가신다. 그래도 독서의 기술 덕에 고달픈 인생이 견딜 만했다. 고마울 따름이다.

요절한 이란 시인 파로흐자드는 "바람이 우리를 데려다주리라"라고 노래했다. 옳다. 책장을 넘길 때 일렁이는 실바람이 너와 나를 어디론가 데려다주리라.

왜 그런 경험 없어요? 무슨 문제를 마음속에 품고 있을 때, 아무 책이나 손 닿는 대로 펼쳐 들었는데, 거기에 바로 나를 위한 글이 딱 적혀 있는 경험 말이에요.

리처드 바크, 『기계공 시모다』 중에서

∅∅2

허다하다. 삶의 문제를 해결하라는 듯 책이 답을 준 경험 말이다. 책이 인생 처방전처럼 다가온 날들을 어찌 잊을까. 카를로 프라베티의 『책을 처방해드립니다』엔 도서관 겸 정신병원이 등장하고 약 대신 책을 처방해 주는 약국이 나온다.

"아까 약국에 간다고 하지 않았어요?"
"여기는 서점 약국이에요. 보세요….."
노부인이 책 한 권을 꺼내더니 남자에게 건넸다.
"아침에 열 쪽, 정오에 열 쪽, 자기 전에 스무 쪽 읽으세요."

고등학교 시절에 만난 소녀와 십 년을 연애하면서 가장 큰 위기에 맞닥뜨렸을 때『마음과 마음이 이어질 때』같은 책을 복용하며 사랑을 지켰다. 가정출산을 결정해 놓고도 불안할 때면『농부와 산과의사』같은 책 덕분에 아이들을 안방 침대에서 낳고 손수 산후조리를 할 수 있었다. 한때 여섯 식구가 최저생계비로 버티면서도 유기농 식탁을 고수한 것은『육식의 종말』,『제국과 천국』,『돌파리 잔소리』등이 흔들리는 의지를 붙들어 줬기 때문이리라. 주류에 편승하지 않고 변두리의 자유인으로 살아가고자 시늉이나마 하는 것은『성문 밖의 그리스도』,『천 개의 고원』같은 책을 장복했기에 가능했다. 그렇게 책을 인생 처방전으로 써먹는 재미가 쏠쏠했다. 책은 생의 가풀막을 오르다 그대로 주저앉고 싶을 때 부드럽게 손잡아 일으켜 준 손길이었다. 메마른 시절마다 목비를 내려 주진 않아도 끊임없이 일어나는 내면의 먼지를 가라앉히는 먼지잼이었다.

이러한 약서藥書를 만나지 못했더라면 이내 인생은 사뭇 다른 모습을 하고 있었을 것이다. 함석헌 선생이 옮긴『간디 자서전』의 부제가 '나의 진리 실험 이야기'다. 돌아보건대 이내 삶은 질곡의 일상과 인생의 매 시기마다 나를 찾아온 책이 어우러진 한 편의 진리 실험이었다.

책을 읽어서 고통이 사라진다면 그건
진짜 고통이 아닙니다. 책으로 위안을
주겠다는 의도 자체가 인생의 고통을
얕잡아 본 겁니다.

———

샤를 단치

003

삶이 까탈을 부릴 적마다 책이 도와준다. 때 묻은 자리를 지르
잡아 주고, 곤두선 마음의 끝자락을 눅게 해 준다. 살아가는 일이
상처받는 일이다 보니 나도 모르게 생긴 생채기를 아물려 주기도
한다. 하지만 아무리 책을 섭렵하고 거기 담긴 지혜자의 지침을
따른다 해도 해결되지 않는 삶의 완강함에 절레절레 고개를 흔드
는 날이 있다. 하기야 책이 인생의 신열身熱을 단방에 떨어뜨리는
딸기향 해열제로 쓰일 수 있다면 그만큼 삶을 모욕하기도 힘들 것
이다. 책으로 삶이 바뀐다면 삶은 물론 책까지 욕보이는 것이 아
니겠는가. 샤를 단치는 독서는 약국이 아니며 위안을 목적으로 쓰

이지도 않았다고 단언한다. 가벼운 위무를 구하는 대신 "오히려 우리 영혼을 뒤흔들고 잠 못 들게 하는 위대한 책을 읽으면서 현실을 회피하지 않고 절망에 고통받지 않는 성숙한 인간이 될" 거라고 권면한다.

소설가 김중혁이 어디에선가 말하길, 책은 삶을 바꾸지 않지만 마음의 위치를 0.5센티미터 정도 살짝 옮겨 주는 것 같다고 했다. 그렇다. 독서는 삶을 바꿔 주지 않지만 더 근사한 것을 준다. 삶을 받아들일 수 있게 해 준다. 독서가 야속하고도 고마운 이유다.

책은 확실히 삶보다 삶을 대하는 태도를 바꾼다. 이전에는 나를 용납하지 못하고 어떻게든 바꾸려고 덤벼들었는데, 어느샌가 자신에게 엄격했던 모습은 바래지고 이제 어지간한 일은 눌러보고 눌러듣는다. 바뀌지 않아도 좋으니 지금 내 모습 이대로 살아도 괜찮다는 마음이 괸다. 책이 선사한 가장 근사한 선물이다. 그런데 인생이란 놈이 짓궂은 것이, 고치려고 몸부림을 칠 때는 미동도 없더니 고치려 들지 않으니까 슬슬 변화의 몸짓을 한다. 삶이 부리는 심술이렷다. 일찍이 헤르만 헤세는 이를 아름답게 노래했다.

이 세상 모든 책들이
그대에게 행복을 가져다주지는 않아
하지만 가만히 알려 주지
그대 자신 속으로 돌아가는 길

헤세는 속삭인다. 책이 행복을 물어다 주는 파랑새는 아니지만 자신에게 돌아가는 길을 알려 주는 안내견이라고.

독서를 한다고 해도 그것은 생활의 일부다.
책읽기가 아무리 중요한 일이라 해도
생활 전체에서 보면 일부에 지나지 않는다.

야마무라 오사무

004

옛말에 "일만 권의 책을 가지고 있으면 일백 개의 성을 가진 것보다 낫다"고 했다. 고대 사회에서 성 하나를 함락하기가 얼마나 대단한 일인지 생각하면 이 말의 무게감이 새삼스럽다.

일찍이 일만 권의 서책을 거느리고 싶었던 나는 돈을 버는 나이가 되자 청계천 헌책방 골목을 돌며 책을 쓸어 모았다. 붉은 노끈으로 책 더미를 묶어 양손에 들고 오는 날은 끼니를 걸러도 배가 불렀다. 책 무게가 쏠리는 손가락이 끊어질 듯 아팠지만 세상에서 가장 사랑스러운 통증이라 불렀다. 책은 야금야금 공간을 잠식해 창을 빼면 방 사면을 다 책으로 둘렀다. 『장서의 괴로움』을 쓴 오카자키 다케시의 말마따나 "책장은 벽 먹는 벌레"가 됐다.

먼 길 떠날 땐 눈썹도 떼 놓고 가라 했건만 지구 반대편에 가면서도 책을 이고 가려 했다. 결국 책 부칠 삯이 버거워 눈물을 머금고 얼추 이백 권만 추려 떠났다. 하지만 책 욕심이 어딜 가겠나. 남의 나라 생활에서도 해가 쌓이며 책도 쌓였다. 책값이 무서운 그곳에서도 책 욕심은 주체할 수 없었나 보다. 이 땅에 돌아올 날은 어김없이 찾아왔고 이번에도 뱃삯을 저주하며 박스 두 개로 추렸다. 한국에 다시 터를 잡고 얼마 안 돼서 좁은 셋집에 훌쩍 이천 권이 쌓였다. 자가 증식이라도 하는지 번식에 가속도가 붙는다.

이 기세로 다시 장서 수집에 열을 올려 만 권의 고지로 치달을 법도 하건만 18년간 12번 거처를 옮기다 보니 길 위에서 책 욕심이 떨어져 나갔다. 공공재로서 책의 성격에 주목하면서 개인소장 대신 도서관을 애호하게 된 것도 한몫했다. 무엇보다 네 아이와 장애가 있는 길고양이까지 일곱 식구가 한 집에서 바글거리다 보니 책에게 내줄 공간이 없다. 아이들이 턱 밑까지 자라면서 집안 생태계에 급격한 변화가 왔다. 서재는 큰애의 서식지가 되고, 안방은 2-4호의 집단거주지가 됐다. 마지막 남은 단칸방은 안해● 랑 둘이 누우면 꽉 차서 책 한 권 둘 자리가 없다.

서재를 없애다니! 책 없는 방이라니! 예전 같으면 상상도 못 할 일이 버젓이 벌어진다. 한때 받들어 모시던 서책씨書冊氏를 찾아가 감히 생활에 자리를 양보해 달라고 요청한다. 책이 아무리 소중해도 생활의 일부임을 인정할 수밖에 없다. 때마침 나이가 주는 선물일까, 장서의 규모로 지식을 과시할 요량이 줄어든다. "지적 욕구로 허세를 부리는 일도 어지간히 쇠했다. 슬슬 장서를 엄선하고 응축하는 데 마음을 써야 할 때가 아닌가"라는 오카자키 다케시의 말에 연신 고개를 끄덕인다.

'읽다'라는 동사에는 명령법이 먹혀들지 않는다. 이를테면 '사랑하다'라든가 '꿈꾸다' 같은 동사들처럼, '읽다'는 명령문에 거부 반응을 일으키는 것이다.

다니엘 페나크

005

나태하게 읽을 권리가 있다면 아예 책을 읽지 않을 권리는 없을까? 왜 없겠는가. 있다.

모든 동사는 명령형을 입을 수 있다. 문법적으로는 명령문이 가능하되 윤리적으로, 또 실천적으로는 불가능한 동사가 있다. '읽다'가 그렇다. 어떤 사람에게 '꿈꾸라'라고 해서 꿈을 꿀 수 있지 않듯 책읽기가 내키지 않는 이에게 '읽어라'라고 해 봤자 진심 어린 독서가 이뤄질 수 없다('읽다'가 이런 동사군에 포함된다는 점이 읽기를 더 사랑하게 만든다). 문명사회에서 '책 읽을 권리'가 인권에 가깝다면 '책 읽지 않을 권리'도 존중받아야 한다.

프랑스 작가 다니엘 페나크는 『소설처럼』에서 읽기에 얼마나 많은 자유와 권리가 있는지 보여 준다.

1. 책을 읽지 않을 권리
2. 건너뛰며 읽을 권리
3. 책을 끝까지 읽지 않을 권리
4. 책을 다시 읽을 권리
5. 아무 책이나 읽을 권리
6. 보바리즘●을 누릴 권리
7. 아무 데서나 읽을 권리
8. 군데군데 골라 읽을 권리
9. 소리 내서 읽을 권리
10. 읽고 나서 아무 말도 하지 않을 권리

아이, 신나라. 독서의 의무 따위는 개나 줘 버리고 이 짜릿한 십계명을 누리시라.

● 상상이나 소설 속으로 도피하는 것.

어머니들도 책을 읽을 때마다 감상을
발표해야 한다면 얼마나 귀찮겠습니까?
어린이도 마찬가지입니다. 그림책을
읽어 주고 나면 어린이를 그대로 내버려
두십시오.

———————

마쓰이 다다시

006

부모와 교사의 고질병. 자녀가 책을 다 읽고 나면 무얼 느꼈냐고 하면서 어떻게든 감상을 끌어내려고 한다. 우리 세대는 책을 읽고 나면 꼭 한마디 해야 한다고 배웠고, 그렇지 않으면 제대로 읽지 않았다는 식의 독서교육을 받았다. 확실히 책을 자신의 언어로 풀어내면 이해가 풍부해지고 창의적인 발상이 돋기도 한다. 하지만 책을 먹을 적마다 무언가를 배설하라고 강요하는 것은 뭐랄까, 변의도 없는 아이에게 채변 봉투를 채우라며 윽박지르는 꼴이랄까.

독서작문공동체 '삼다' 수업으로 모이면 세 시간 내내 활발하다가도 어색한 침묵이 감도는 순서가 있다. 이번 주 지정도서를 읽고 책 나눔 하는 시간이 그렇다. 아무리 편하게 얘기하자고 해도 편하지 않은가 보다. 어른들도 발표를 시키면 그렇게 싫어하면서 자녀들에겐 소감을 강요한다. "어머니들도 책을 읽을 때마다 감상을 발표해야 한다면 얼마나 귀찮겠습니까? 어린이도 마찬가지입니다. 그림책을 읽어 주고 나면 어린이를 그대로 내버려 두십시오." 마쓰이 다다시의 말이 딱 내 말이다.

책장을 덮고 나면 이야기가 몸과 영혼에 스며드는 시간을 두시라. 침묵이 그래서 중요하다. 책장을 덮자마자 느낀 점을 말해 보라고 다그치는 짓만큼 어리석은 것도 없다. 다니엘 페나크가 독자의 10가지 권리를 선언하면서 맨 마지막을 '읽고 나서 아무 말도 하지 않을 권리'로 장식한 까닭을 가만히 생각해 보자.

책은 거칠게 다루는 것이 좋다.
나중에 헌책방에 팔기 위해서라도
깨끗하게 보겠다는 식의 구두쇠 발상은
버리는 것이 좋다.

———————

다치바나 다카시

007

사람을 사랑하는 방식이 각양이듯 책을 사랑하는 방식도 각색이다. 책에 생채기라도 날까 갓난아이처럼 애지중지하는 이가 있는가 하면 아끼는 책이라도 대수롭지 않게 다루는 이가 있다. 전자 중에는 책의 물리적 자아를 신성불가침으로 보는 긍정식 사랑의 신봉자(앤 패디먼, 『서재 결혼 시키기』)가 있는데 심하게는 책을 순결한 상태로 간직하며 처녀성을 소유하려는 이(릭 게코스키, 『아주 특별한 책들의 이력서』)도 있다. 그것은 앤 패디먼의 예언대로 "서점에서 막 들고 나온 완벽한 순결 상태를 영원히 보존하겠다는, 고귀하지만 실패할 수밖에 없는 목표"다.

내게도 밑줄 한 줄 치기가 아무도 밟지 않은 숫눈에 발자국을 남기듯 조심스러운 시절이 있었다. "그대들이 책을 손에 쥘 때는 시므온이 아기 예수를 품에 안고 입을 맞추려 할 때처럼 행동해야 한다"는 토마스 아 켐피스의 지시를 받들었으니 책장 모서리를 접는 만행 따윈 엄두도 못 냈다. 아끼는 책엔 비닐로 손수 옷을 지어 입혔다. 그러다 결혼을 하고 첫애가 태어나고, 그 아이가 장판이나 벽지를 도화지 삼아 창작활동을 하는 나이가 되었다. 눈치빠른 독자라면 짐작할 것이다. 아이가 서재에 들어와 아래 칸 책을 잔뜩 펴 놓고 크레용 따위로 아무렇게나 낙서를 해 놓는 날이 내게도 찾아왔다. 나랑 눈이 마주치자 순진무구하게 웃던 아이의 미소. 뒤통수 쪽에서 나의 세계 일부가 와르르 무너지는 소리가 들렸다.

그날 이후 나는 책을 다르게 사랑했다. 다치바나 다카시처럼 '거칠게는' 아니지만 '거침없이' 사랑했다. 책을 가방에 아무렇게나 쑤셔 넣고, 책장 끝자락을 과감하게 접고, 여백에는 장문의 적바림●을 빼곡히 적어 넣었다. 인쇄된 활자 옆에 가지런한 손 글씨를 새겨 넣을 땐 책의 속살에 문신을 해 넣는 기분이었다. 그 문신을 모아 『내 삶을 바꾼 한 구절』 같은 책을 냈으니 새로운 사랑의 방식이 자식을 낳은 셈이다. 사람이든 책이든 사랑하는 방식을 바꾸면 불임이 가고 생산이 오나 보다.

● 나중에 참고하기 위하여 글로 간단히 적어 둔 기록.　　　　31

정원과 서재가 있다면 당신은
필요한 모든 것을 가졌다.

———
키케로

008

나란 사람은 꽃을 어찌나 아끼는지. 꽃을 보면 세상을 다 가진 기분이다. 강사 소개를 "박총은 꼬마자동차 붕붕처럼 꽃향기를 맡으면 힘이 솟는다"라고 쓸 정도다. 우리 집 애들도 내 생일이면 꽃 화분이나 꽃무늬 스티커, 꽃무늬 펜을 선물한다. 어떤 분은 내가 꽃을 좋아한다는 말을 듣고는 꽃치마를 입고 강의에 왔다.

가난한 유학생 처지에 꽃 피는 뒤뜰이 간절해 값싼 학생 아파트를 마다하고 캠퍼스 밖에서 단독주택을 얻었다. 월세로 몇백 불이 더 드는 바람에 차를 접었다. 영하 20-30도 내려가는 캐나다에서 차 없이 버티는 고충은 겪어 보지 않으면 모른다. 대신 사시사

철 꽃을 가꾸고 텃밭에 채소를 키워 먹었다. 우리 여섯 식구 추억의 칠 할이 꽃피는 뒤뜰에서 나왔다.

책은 꽃 못지않게 내 넋을 앗아 간다. 인생 지고의 향락은 독서라고 감히 말한다. 목회자 신분도 망각한 채 도서관 없는 천국보다 도서관 있는 지옥이 낫다고 공공연히 떠든다. 보르헤스가 천국을 도서관이라 일러 줘서 망정이지 자칫 큰일 날 뻔했다. 키케로도 나 못지않다. "만약 내가 가지고 있는 모든 물질을 버리지 않고서는 내 생명을 보전할 수 없다고 한다면, 나는 차라리 책 속에 파묻혀 죽는 것이 더 행복하다"라고 할 정도다. 찰스 포스터가 "섬뜩한 말이지만 우리 인간이란 자신이 소유하고 있는 물건의 목록에 지나지 않는다. 물건 없이는 우리 존재마저 없어질 정도"라고 할 때 나는 그 구절을 "인간이란 존재는 자신이 읽고 소유한 책 목록에 지나지 않는다. 책 없이는 우리 존재마저 없어질 정도"라고 읽었다.

인생이 비루하나 책과 꽃이 있어 견딜 만했다. 우리 집 네 아이도 책과 꽃을 벗하며 산다면 더 바랄 것이 없겠다. 반면 올더스 헉슬리의 『멋진 신세계』는 하층계급 영아들에게 화사한 꽃과 예쁜 그림책을 보여 주고 아이들이 꽃과 책으로 기어가면 찢어지는 소음과 전기 충격을 줘서 책과 꽃을 혐오하게 만든다. 이 조건반사 훈련을 담당하는 소장은 말한다. 자연은 공짜라는 중대한 결점이 있다. 하층계급은 여가 시간에 자연을 공짜로 즐길 것이 아니라 노동의 대가를 들여 소비를 해야 하고, 이 소비는 경제를 유지하기 위해 필요하다고. 총통은 하층계급이 독서와 자연에 괜한 시간을 낭비할 필요 따윈 없다고 주장하며, 책과 꽃에 빠져 자기 안에 자유가 있음을 깨달으면 세계의 안정을 해칠까 봐 겁을 낸다.

중국 당나라 시인 노조린은 책과 꽃이 어우러진 모습을 이렇게 읊었다. "쓸쓸하고 고요한 구석의 집, 해마다 언제고 시렁 가득 책뿐. 오로지 남산의 계화 꽃잎만이 옷자락 사이를 팔랑팔랑." 책과 꽃이 어우러진 그 풍경이 이내 인생이면 얼마나 좋을까. 아아, 책과 꽃. 다시금 책과 꽃.

말은 살아 있고 문학은 도피가 된다.
그것은 삶으로부터의 도피가 아니라
삶 속으로 들어가는 도피이다.

———

시릴 코널리

009

그레고리우스는 뭘 해야 좋을지 모를 때마다 독서를 하곤 했다.
베른 근처 산간 마을 농부의 딸인 그의 어머니는 책을 읽는 일이
드물었다. (…) 아버지는 텅 빈 박물관 전시실의 무료함을 잊는
수단으로 독서를 시작했고, 읽는 데 취미를 붙이고부터는 손에 잡
히는 책은 무엇이든 읽었다. "이제 너도 책 속으로 도망치는구나."
독서의 기쁨을 발견한 아들에게 어머니가 한 말이었다. 책에 대한
어머니의 이런 생각, 좋은 글이 지닌 마술 같은 힘이나 광채를 아
무리 이야기해도 이해하지 못하는 어머니는 그를 슬프게 했다.

파스칼 메르시어의 걸작 『리스본행 야간열차』의 한 소절이다. 그레고리우스 어머니 말마따나 나도 책 속으로 도망치며 살아왔다. 예나 지금이나 삶이 버거울 적마다 책 속으로 달아난다. 그런데 독서의 쾌락은 여타의 쾌락과 다르다. 세상살이를 견디게 해 주는 여러 도피 기제가 있지만 독서는 현실에서 달아나는 망명이 아니라 현실로 달아나는 망명이다.

『혼자 책 읽는 시간』의 저자 니나 상코비치는 사랑하는 언니가 죽고 고통이 아무렇게나 분배되는 시간을 통과한다. 이를 견디고자 달리기를 시작했다가 나중에 책읽기로 넘어온 것은 순전히 코널리의 말 때문이었다. "문학은 삶으로부터가 아니라 그 속으로 들어가는 도피"라는 말을 곧이곧대로 믿었다. 아니, 믿을 수밖에 없었을 게다.

나이를 먹을수록 "아무렇지도 않고 예쁠 것도 없는 사철 발 벗은"(정지용, 「향수」) 일상과 끔찍할 정도로 지루한 밥벌이가 힘겹다. 가톨릭 신학자 칼 라너는 지루하고 고단한 일상을 꿀도 타지 않고 미화하지도 않은 채 견뎌 내야 하며, 그런 일상에서 넘어지고 낙담하는 것은 당연할 뿐 아니라 마땅한 일이라 칭송한다. "그럼 대체 어떻게 살아가라는 거야." 처음 이 문장을 접하곤 볼멘소리 뇌까렸지만 이제는 세월이 주는 선물일까. 인생의 쓴잔에 꿀을 타서 먹음직하게 해 주는 독서를 완전히 끊을 순 없지만 쓴잔 그대로 마시려고 책을 펴는 나를 보기도 한다. 헤세는 "우리는 자신과 자신의 일상을 잊고자 책을 읽어서도 안 된다. 이와는 반대로 더 의식적으로, 더 성숙하게 우리의 삶을 단단히 부여잡기 위해 책을 읽어야 한다"고 했다. 이대로 그냥 놔 버리고 싶은 인생살이도 잠시 지면紙面 속에 침잠했다 현실로 부상하면 그럭저럭 부여잡고 나아갈 악력이 생긴다. 그렇다. 독서는 삶을 움켜쥐기 위한 악력운동이다.

무언가를 읽는다는 행위는 그 자체로
정신에 때가 끼게 하고 감각을 무디게
만든다.

___

장 그르니에

Ø1Ø

독서는 씻김굿이다. 책은 일과를 마치고 고단한 심신을 담글 수 있는 욕조요, 독서는 풍진세상을 살며 뒤집어쓴 재를 씻어 내는 재계 의식이다. 그윽한 책을 읽고 나면 목욕탕을 나설 때처럼 뽀얘진 것 같은 느낌이 든다. 하지만 씻김굿으로서의 독서도 정신에 때를 끼게 한다.

이렇게 설명할 수도 있겠다. 섭식은 생명 유지에 필수불가결한 활동이지만 아무리 깨끗한 음식도 체내에 독을 쌓는다. 유기농에 자연식만 고집한다 해도 영양을 섭취하는 이상 독을 피할 순 없다. 책읽기도 마찬가지다. 정신을 먹이고 기름지게 하지만 때가 끼게 하고 독을 쌓는다. 정은숙이 『책 사용법』에서 "책으로 책을 해독"하라며 고전을 권하는 까닭이 거기에 있다. 다만 고전의 제독효과가 뛰어나기는 해도 모름지기 서독書毒을 빼는 데는 책을 덮는 휴독休讀이 으뜸이다. 해독주스가 좋다 한들 단식으로 몸을 비움만 못한 것과 같다. 오귀스트 콩트는 이따금 뇌를 깨끗이 비워 내라고 했고, 드가는 아무것도 읽지 않고 누구와도 말하지 않은 채 두 시간을 보낼 수 없다면 결코 발전은 없다고 했다.

  단 한 권의 책도 찌꺼기를 남길진대 많은 책은 응당 녹조를 끼게 한다. 쇼펜하우어는 다독을 가리켜 "인간의 정신에서 탄력을 빼앗는 일종의 자해"라고 혹평했다. 과독으로 뇌 주름에 켜켜이 때가 끼었다면 과감히 책을 덮으라. 산책이나 운동, 텃밭 가꾸기 등 몸을 사용하라. 정신에 긴 때에 육체 활동만큼 잘 듣는 이태리타월도 없다.

찾는 것이 있어 책을 읽으면
읽더라도 얻을 것이 없다.

────
이익

Ø11

한국이 얼마나 공부에 미친 사회인지 보여 주려는 뜻이었을까. 한 누리꾼이 일련의 책을 한데 모아 놓고 사진을 찍었다. 거기 나온 다섯 권의 책 제목이 이렇다. 전부 정식 출간한 책이다.

『10대 꿈을 위해 공부에 미쳐라』, 『20대, 공부에 미쳐라』, 『30대, 다시 공부에 미쳐라』, 『40대 공부 다시 시작하라』, 『공부하다 죽어라』

키득키득 웃다가 책만큼 사회의 욕망을 고스란히 비추는 것이 없다는 생각에 미치자 서글퍼진다. 마지막 책 제목처럼 실제로 한국에선 평생 공부만 하다가 죽는다. 내가 속한 그리스도교에는 공부하다 죽으면 순교라는 말이 있지만 이런 식으로 성공과 자기계발을 위한 공부만 하다 죽으면 개죽음 아닌가. 그저 책을 읽다 말다 하며 뒹굴뒹굴해야 할 아이들도 왜 책을 읽느냐고 하면 재미있어서, 혹은 딱히 할 일이 없어서라고 하기보다 "책 읽으면 똑똑해지고 좋은 대학 가잖아요" 한다. 명분도 목적도 없는 순수한 쾌락으로서의 독서가 이토록 희귀하고도 사무치게 그리운 시대라니.

정민 교수의 말마따나 공부는 사람이 되자고 하는 것이지, 사람을 넘자고 하는 것이 아니건만 공부를 수단화하는 행태는 예나 지금이나 다르지 않았나 보다. 조선 중기의 유성룡은 「여러 아이들에게 보냄」寄諸兒이란 글에서 당대의 병폐를 이렇게 꼬집는다. "요즘 서울의 젊은이들은 마치 저잣거리에서 물건을 파는 사람과 같아서, 오로지 빨리 성공에 접근하고, 속성으로 성공을 구하는 기술만 찾는다. 반면 옛 성현의 글이 담긴 책들은 높디높은 다락에 묶어 처박아 두고, 매일같이 영악하게 남의 비위나 맞추는 글을 찾는다. 그리고 그 말을 도둑질해 시험 감독관의 눈에 띄도록 글을 지어 성공한 사람들이 많다." 이익은 『성호사설』에서 이런 자들의 말로가 어떨지 경고한다. "찾는 것이 있어 책을 읽으면 읽더라도 얻을 것이 없다. 때문에 과거 공부를 하는 자가 입술이 썩고 이가 문드러지도록 읽어 봤자, 읽고 나면 아마득하기가 소경과 다름없다. (…) 살과 피부에 보탬도 되지 않고 뜻 또한 사납게 된다."

우리가 어떤 사람이 될지는 책이 우리에게 어떤 존재가 되느냐에 달려 있다. 책을 이용하고 착취하면 그만한 인간이 될 것이고 책을 수단이 아닌 자체로 대하면 또 그만한 인간이 된다. 독서만큼은 경쟁을 위한 질주가 멈추는 무목적의 행위가 되어야 할 터인데 '생존봇'이 된 우리는 책을 이용하고 버리는 몹쓸 짓을 반복한다. 더 무서운 것은, 책을 대하는 방식은 사람을 대하는 방식과 묘하게 포개진다는 것이다.

그것 없이 사람은 살 수 없다. 그러나
그것만을 가지고 사는 사람은 사람이 아니다.

———————
마르틴 부버

012

성공하기 위해 책의 단물을 빼먹는 독서만 문제가 아니다. 인격 도야나 자아발견 같은 고상한 목적이라 해도 책을 수단으로 삼기는 일반이다. 임어당은 "누구든지 정신적 향상에 대해서 생각하기 시작할 때 독서의 즐거움은 모두 사라져 버"린다고 하면서 지식인이 되려는 목적으로 셰익스피어나 소포클레스를 읽어 봐야 결코 지식인이 될 수 없으며 이득이라고 해 봐야 '나는 햄릿을 읽었다'고 말할 수 있는 자기과시뿐임을 꼬집는다. 그렇다면 고상하든 천박하든 목적이 이끄는 독서는 악하기만 한가.

"모든 참된 삶은 만남"이라고 설파한 마르틴 부버는 이 세상에 두 가지 근원어가 있다고 했다. 하나는 '나-너'라는 짝말이고, 또 하나는 '나-그것'이라는 짝말이다. '나와 너'의 관계에선 나의 전부와 너의 전부가 만나는 반면, '나와 그것'에서는 나의 관심이 상대의 한 속성에만 몰린다. 흔히 부버가 '나-그것'을 배격하고 '나-너'만을 예찬했다고 아는데 그렇지 않다. 부버는 말한다. "그것 없이 사람은 살 수 없다. 그러나 그것만을 가지고 사는 사람은 사람이 아니다." 이는 독서에도 고스란하다. 책을 이용하는 '나-그것'의 독서도 필요하다. 이를 배격하는 책읽기는 현실적이지도 않고 건강하지도 않다. 하지만 무시로 책을 펴면서도 '나-너'의 독서로 옮아가지 않고 '나-그것'에만 맴도는 이는 사람의 꼴을 갖추기 어렵다.

책을 도구화하면 언젠가 당신도 도구로 취급될 날이 온다. 그것이 책의 저주요, 반격이다. 반면 책에게 아무것도 구하지 않고 그 자체로 사랑하면 내가 구하지 않은 성공이나 인품 같은 것까지 덤으로 준다. 여기에 독서의 역설이 있다. 투입한 시간과 비용 대비 남는 장사인지 계산기 두드리는 독서를 해 봐야 시답잖은 것만 거둔다. 한편 읽어서 아무 이득도 남기지 않는 독서야말로 가장 많은 것을 남긴다. 그것은 자신과 '나-너'의 관계를 맺는 연인에게 서책씨가 주는 선물이다.

아무짝에도 쓸모없는 책읽기.

김무곤

독서작문공동체를 꾸리다 보면 소설 읽는 시간이 아깝다고 하는 글벗이 있다. 아무리 긴 작품도 이야기의 살점은 몇 줄로 발라낼 수 있는데 불필요한 묘사가 너무 많다는 것이다. "언어의 묘미는 위대한 사상을 설파하는 대목보다 없어도 그만인, 지극히 사적이고 하릴없이 자잘한 대목에서 빛나기 마련입니다. 이는 삶에서도 마찬가지이고요"라고 말하지만 드는 시간에 비해 소득이 없다는 표정이다. 지식 습득 위주의 독서를 즐기는 이들이 주로 그런다.

「머리말들」에서 이미 밝혔듯 본디 독서는 도움이 안 되는 것이 맞다. 『종이책 읽기를 권함』의 저자 김무곤이 바로 짚었듯 책읽기는 늘 "아무짝에도 쓸모없는 책읽기"다. 물론 독서에 유익이 없지 않다. 하지만 독서가 유익하다고 해서 독서를 유익으로 환원하는 불행한 독서가가 돼서는 안 된다.

문학평론가 고故 김현의 어머니는 평생 써먹지도 못하는 문학에 빠진 아들이 마뜩지 않았나 보다. 그는 어머니에게 쓸모없는 문학이 왜 쓸모 있는지를 기막히게 강변한다.

남은 일생 내내 나에게 써먹지 못하는 문학은 해서 무엇하느냐 하는 질문을 던지신 어머니, 이제 나는 당신께 나 나름의 대답을 하지 않으면 안 되겠다. 확실히 문학은 이제 권력에의 지름길이 아니며, 그런 의미에서 문학은 써먹는 것이 아니다. 그러나 역설적이게도 문학은 써먹지 못한다는 것을 써먹고 있다. 문학을 함으로써 우리는 서유럽의 한 위대한 지성이 탄식했듯 배고픈 사람 하나 구하지 못하며, 물론 출세하지도, 큰돈을 벌지도 못한다. 그러나 그것은 바로 그러한 점 때문에 인간을 억압하지 않는다. 인간에게 유용한 것은 대체로 그것이 유용하다는 것 때문에 인간을 억압한다.

써먹지 못하는 것을 써먹는다는 구절에서 장자의 무용지용無用之用, 곧 쓸모없음의 쓸모 있음을 떠올린다. 쓸모없음에도 책을 읽는 것은 소설가 김영하의 말대로 "세상에서 제일 쓸데없는 짓이 가장 재밌"기 때문이다.

유희로서의 독서. 지식축적이나 자기계발에 하등 도움이 안 되는 순수한 쾌락을 위한 독서. 그것이 목적의식으로 오염된 독서를 구원하고, 생산성을 으뜸으로 치는 세상을 구원하리라.

책은 다른 이의 몸 안에서만
박동하는 심장이다.

━━━━━━

리베카 솔닛

014

책은 읽을 때에만 책이다. 읽히지 않으면 활자가 찍힌 종이 더미일 따름이다. 하여 모든 책은 책장을 넘겨 줄 손길을 갈망한다.

리베카 솔닛은 우리가 책이라 부르는 물건은 진짜 책이 아니라 책의 가능성, 악보나 씨앗 같은 것이라고 한다. 책은 잠자는 왕자 혹은 공주다. 그 가능태를 현실태로 바꿔 줄 이는 독자다. 독서는 그의 눈을 뜨게 하는 입맞춤이다. 이를 두고 보르헤스는 "책은 각각의 독서를 통해 다시 태어난다"고 하고, 움베르토 에코는 "가만히 글로 쓰인 텍스트는 독자에게 가 닿으면 폭죽처럼 터져서 표현으로 피어난다"고 멋들어지게 말한다.

언젠가 칼릴 지브란은 "대지는 그대의 맨발을 느끼기를 좋아하고, 바람은 그대의 머리칼을 만지며 놀고 싶어 함을 잊지 마세요"라고 노래했다. 콘크리트와 매연에 물린 인간만 땅을 밟고 싶어하고 바람을 맞고 싶어 하는 것이 아니다. 대지와 바람이 먼저 바란다. 마찬가지로 우리가 책을 갈망하기 전에 책이 우리를 갈망한다. 누군가 자신의 책장을 한 결 한 결 애무해 주길 바란다. 책읽기란 사람과 책이 포개져 서로를 탐하는 행위다. 정희진은 책과 몸을 섞는 것을 독서라 부른다. 그렇게 우리는 책과 혼인하고 그 결혼이 우리를 만든다.

용기만 있다면 자신이 어떤 책을 읽지
않았다는 사실을 솔직하게 말하지 못할
이유가 없고 또 그 책에 대한 자신의
생각을 자제해야 할 이유도 전혀 없다.
어떤 책을 읽지 않았다는 것은 가장 흔히
있는 경우이며, 부끄러움 없이 이 사실을
받아들이는 것이 [필요하다].

———————
피에르 바야르

015

지인들과 책을 논하는 자리에서 제법 이름난 책을 읽지 않았다
는 사실을 발견하면 부끄럽기 그지없다. 이를 실토하려면 고해성
사에 비길 만한 용기를 짜내야 한다. 유명한 음악이나 그림은 몰
라도 아무렇지 않은데 미처 읽지 못한 책은 왜 이리 강한 수치심
을 동반하는가. 여전히 생의 특정한 영역을 우월하게 취급하는 편
벽에 빠져 있다는 방증이리라. 이 대목에서 바야르의 『읽지 않은
책에 대해 말하는 법』을 들춰 보자.

읽지 않은 책에 대해 부끄러움 없이 말할 수 있으려면 가정과 학

교에 의해 강압적으로 전파되는 흠결 없는 문화라는 강박적인 이미지, 일생 동안 노력해도 일치시킬 수 없는 그 이미지로부터 벗어나는 것이 좋을 것이다. 다른 사람들에게 보이기 위한 진실보다는 자기 진실이 훨씬 더 중요하다. 우리의 내면을 억압적으로 지배하며 우리 자신이 되는 것을 가로막는 것, 곧 교양 있는 사람으로 보여야 한다는 속박으로부터 벗어나는 자만이 자기 진실에 이를 수 있다.

지적 허세가 꼭 나쁜 것은 아니지만 다독가로 보이고픈 욕망이 참된 '나'가 되는 여로에 걸림돌이 된다면 발설하라. 안 읽었다고. 너무 오래전에 봐서 기억이 안 난다거나 책을 사 놨는데 미처 못 읽어 봤다는 어설픈 변명일랑 집어치우고 흔쾌히 말하라. 안 읽었다고. 늘 그렇듯 관건은 욕망의 크기다. 다른 사람에게 책을 많이 읽은 사람으로 비치고픈 욕망이 큰가, 아니면 있는 그대로의 참 '나'가 되려는 욕망이 큰가.

사실 중요한 저작을 다 읽은 사람은 없다. 움베르트 에코의 「우리는 얼마나 많은 책을 읽지 못했는가」를 보면 이탈리아에서 각 분야의 지식인들에게 어떤 책을 읽지 않았는지 설문조사를 한 일화가 나온다. 답변에 프루스트, 톨스토이, 빅토르 위고, 세르반테스 등 대문호들이 튀어나왔다. 탁월한 성서학자는 아퀴나스의 『신학대전』을 전부 읽지 않았다고 고백했다. 에코는 『봄피아니 작품 사전』에 실린 작품을 다 읽으려면 180년이나 걸린다고 꼬집으면서 "그 누구도 중요한 작품을 모두 읽을 수는 없다"고 단언한다. 같은 설문조사를 한국에서 해 봐도 재밌겠다. 이름만 대면 다 아는 지식인들이 이름만 대면 다 아는 책을 안 읽었다는 사실에 깜짝 놀랄 것이다.

책 이름을 모르는 것보다 길섶에서 매번 마주치는 꽃 이름을 몰라서 얼굴이 빨개지는 사회가 되면 좋겠다. 활자책보다 사람책, 자연책을 더 즐겨 읽는 세상을 위하여, 건배.

우리가 보여 주는 연민은 우리의
무능력함뿐만 아니라 우리의 무고함도
증명해 주는 셈이다.

———————

수전 손택

016

우리 시대의 비극은 나의 생존과 풍요가 동료 인간과 뭇 생명의
희생 덕임을 잊는 데 있다. 조지 오웰이 『위건부두로 가는 길』에
서 바로 짚었듯 "우리 모두가 누리고 있는 비교적 고상한 생활은
'실로' 땅속에서 미천한 고역에 시달리는 사람들에게 빚지고 얻은
것"이지만 "그것 덕분에 살면서도 우리는 그것의 존재를 망각한
다." 모든 텍스트가 연결됐다며 상호텍스트성을 운운하는 양반이,
우주의 모든 존재가 서로 잇대어 있음을 모르고 내 안락이 네 눈
물을 쥐어짜낸 대가임을 모른다. 이렇듯 문맹은 적으나 '생맹'生盲
은 많고, 음치는 드무나 '생치'生癡는 흔하다.

독서는 나를 자기함몰에서 건져 타인의 존재에 눈을 뜨게 해 준다. 그렇지 않다면 대체 왜 책을 읽는단 말인가. 문장에 스민 타자의 울음은 고단한 세상살이를 통과하며 자칫 사막화하기 쉬운 내면의 습지를 보존해 준다. 행간에 깃든 타자의 아픔에 가 닿는 순간 발생하는 공명은 생존 투쟁의 와중에 일그러진 우리의 사람됨을 엄호해 준다. 문제는 그다음이다. 거기서 이웃의 고통을 덜어 내려는 몸짓이 발생하지 않는다면 우리의 공감이란 것은 타자의 고통 앞에 나의 결백함을 주장하는 윤리적 알리바이가 된다. 공감하는 자아는 성찰하는 자아를 은폐하고, 연민하는 자아는 행동하는 자아를 차단한다.

연민의 눈물을 떨구는 위치에너지가 변화의 몸짓을 유발하는 운동에너지로 전환되지 않는다면 공감하는 책읽기는 부르주아지 윤리를 확대, 재생산하는 기제로 전락한다. 읽기와 살기는 금슬 좋은 부부로 내내 짝해야 한다.

진짜 예술은 우리를 안절부절못하게
하는 구석이 있다. 해석자는 예술 작품을
내용으로 환원시키고, 그다음에 그것을
해석함으로써 길들인다.

———————
수전 손택

017

　글의 신비. 분명 언어의 조합인데 언어로 헤아릴 수 없는 무엇
인가를 창조해 낸다. 특히 말과 말의 여백이 어우러진 시를 읽다
보면 이러한 신비를 맛보곤 한다.
　글벗들과 함께 꾸려 가는 독서작문공동체 '삼다'에선 학기에 한
번씩 시를 읽고 나누는 시詩 주간週間을 갖는다. 입문용으로 난해
하지 않은 선집을 고르는데도 시가 어렵다는 분들이 꼭 있다. 특
히 고도로 지적인 분들이 그런 경향이 짙다. 시를 어떻게든 논리
의 수하에 두고 합리적으로 흡수하려는 분들이다. 그것도 시를 감
상하는 하나의 방법이겠지만 시만큼은 그렇게 읽지 않으면 좋겠

다. 해석의 지배에서 벗어난 도피성으로 남겨 두면 좋겠다.

영화『일 포스티노』에서 칠레의 시인 네루다는 말한다. "시는 말로 설명할 수 없어, 가슴을 활짝 열고 시의 고동 소리를 들어야 해." 시는 능숙하게 설명할수록 멀어지고, 이해에 포섭되지 않을수록 가까워진다. 제인 오스틴은『설득』에서 앤 엘리엇의 입을 빌려 이 역설을 고한다.

앤은 (웬트워스) 대령에게 항상 시만 읽지는 않았으면 좋겠다고 충고했고, 시를 완벽하게 이해할수록 시를 맘 편히 감상할 수 없다는 것이 시의 단점인 것 같다고 말했다.

실은 단점이 아니고 장점이다. 시를 어떻게든 자신의 이해로 풀어내야 직성이 풀리는가. 모든 것을 내 손아귀에 넣어 두어야 마음을 놓는 이의 이름은 독재자다. 길들여지지 않는 시의 불편함이 당신을 불편하게 하도록 내버려 두라.

그대가 올 때에, 내가 드로아에 있는
가보의 집에 두고 온 외투를 가져오고,
또 책들은 특히 양피지에 쓴 것들을
가져오십시오.

───────────

디모데후서(4:13)

018

외딴 산골에서 사나흘 묵은 적이 있다. 들고 간 책을 비상식량 먹듯이 아껴 읽었지만 읽을거리가 바닥이 났다. 그 집에서 서책의 꼴을 한 것이라곤 전화번호부밖에 없었다. 당이 떨어진 사람이 사탕을 빨듯 전화번호부에 촘촘히 박힌 이름과 상호를 눈으로 빨았다. 어디서 용케 빛바랜 『축산신문』을 찾아 첫 면에서 마지막 면까지 한 글자도 빼놓지 않고 읽었다. 『축산신문』을 독파하고 나니 벽과 천장에 바른 신문지가 눈에 들어왔다. 서고 앉고 눕기를 반복하며 입체적인 독서 체험을 했다.

디모데후서는 바울이 죽기 전에 쓴 유언 같은 서신이다. 마지막

장인 4장을 보라. 별뉘 한 점 없는 춥고 캄캄한 지하 감옥에서 다가오는 죽음을 예감하며 조용히 삶을 정리하는 그의 모습이 그려져 가슴이 선득선득하다. 그런데 죽음을 앞둔 사람이 얼마나 활자가 궁했으면 다른 걸 마다하고 책을 갖다 달라고 했을까.

캐나다로 이주할 때 책을 배로 부쳤다가 통관이 잘못되어 한참 지나 받은 적이 있다. 우범지대의 허름한 아파트에서 모국어에 주린 나날을 보내다 짐이 도착했다는 전화를 받았다. 책이다, 책! 상자를 열고 책을 한 권씩 쓸어안으며 "오, 내 책! 어여쁜 책들아!" 하며 비명을 질렀다. 책에 영혼이 깃드는 애니미즘 체험이랄까. 10년에 걸친 그곳 생활을 마무르고 한국에 돌아와서도 비슷한 감회를 맛봤다. 그동안 한국에 남겨 둔 책을 찾으러 갔다가 가지런히 꽂힌 책 한 권 한 권을 물끄러미 바라보자니 우리가 처음에 어떻게 만났는지, 내가 언제 이 책을 읽으며 코끝이 시큰했는지 기억이 되살아났다. 상봉의 벅참이 느꺼워 눈시울이 뜨거워졌다. 니나 상코비치의 말이 맞다. "사랑은 맹목이고 책에 대한 사랑도 마찬가지다."

적어도 한 사람에게서도 이해받고
있다는 느낌이 없다면 어느 누구도
이 세상에서 자유롭게 발전할 수 없고
충만한 삶을 발견할 수도 없다.

———————

폴 투르니에

019

　삶은 이해와 해석의 연속이다. 사건이나 예술 작품만 해석 대상
이 아니다. 사람에게 사람만큼 중요한 해석 대상도 없다. 우리는
이해하거나 이해하지 못하고, 이해받거나 이해받지 못하며 살아
간다. 인간이란 몰이해로 가득한 바다에서 이해를 찾아 헤매는 생
물이다.

　단 한 사람에게라도, 한 마리 고양이나 혹은 한 권의 책에게라
도 이해받지 못하면 그의 생에는 풍성함이 기숙할 자리가 없다.
버스 뒷자리에서 책이 건넨 위로에 콧물 눈물 줄줄 흘러도 아랑곳
않고 울었던 그날이 생생하다. 책장이 오른쪽에서 왼쪽으로 반원

을 그리며 넘어갈 적마다, 책은 다친 새끼를 핥는 어미의 혀처럼 상처 입은 내 존재의 살갗을 거듭거듭 핥아 주었다. 책장을 넘기는 행위를 결코 지루해하지 않는 것은 나를 애무하도록 하는 관능성에 있는지도 모른다.

어릴 제 무에 그리 서러웠는지 울기도 많이 울었다. 불쌍한 사람을 보면 누가 볼까 소리 죽여 찔끔찔끔 눈물을 흘렸고, 억울한 일을 당하면 동네가 떠나가라 악을 쓰며 울었다. 엄마는 그런 내게 역정을 냈지만 한번은 분함을 삭이지 못한 채 바르르 떠는 나를 안아 주셨다. 엄마 젖가슴에 얼굴을 묻고 흐느낄 때 등을 쓸어 내리며 얼러 주는 비나리가 무슨 뜻인지 몰라도 위로가 됐다. 그 아이가 어느새 엄마의 나이가 됐다. 어른이라도 울고 싶은데, 아니 어른이라 울고 싶은 날이 더 많은데 이제 엄마의 품이 없다. 대신 책을 엄마로 삼는다. 책장이 오른쪽에서 왼쪽으로 넘어가며 그리는 반원이 시골집 뒷산처럼 둥근 어머니의 젖가슴이 되면 나는 거기에 얼굴을 묻고 울기 시작한다. 북받쳐 통곡하기도 한다.

한번은 지인들과 책 수다를 떨다가 "책은 내 어머니"라고 했다. 다들 책이 나를 낳았다는 뜻으로 알더라. 그 해석도 틀리진 않지만 책은 내게 얼굴을 파묻고 목 놓아 울 수 있는 어머니의 품이다. 드물게는 책을 읽다가 맥락을 헤아리지도 못했는데 눈물샘이 터지고 위로를 받기도 한다. "무슨 말인지 모르는데 위로가 돼요"라는 말에서 보듯 가끔 책을 이해하지 못하는데도 책에게 이해를 받는 경험은 일종의 신비다.

책은 우리가 이미 우리 안에 지니고
있는 것만을 보여 주는 거울이[다].

카를로스 루이스 사폰, 『바람의 그림자 2』 중에서

020

책의 위무를 받아 본 사람은 안다. 책을 읽고 이해하는 작업은 실상 자신을 읽고 이해하는 작업임을. 독서가 만만치 않은 분투의 작업임은 여기에서 기인한다. 마르틴 발저는 "책을 읽는 사람은 언제나 책을 통해 책을 아는 것이 아니라 자기 자신을 이해하는 것"이라 했고, 클리프턴 패디먼은 "옛 책을 다시 읽게 되면 당신은 그 책 속에서 전보다 더 많은 내용을 발견하지는 않는다. 단지 전보다 더 많이 당신 자신을 발견하게 된다"고 했다.

발터 벤야민은 『베를린의 어린 시절』에서 자기 책의 독자를 "나의 독자가 아니라 그들 자신의 독자"라고 부른다. 그에 의하면 "책이 존재하는 곳은 작가가 아니라 독자의 마음속"이기에 손에 쥔 책은 "자신을 읽는 방편"을 제공해 주는 "일종의 확대경"이다. 마르셀 프루스트도 같은 비유를 쓴다. "모든 독자는 자기 자신의 독자다. 책이란, 그것이 없었다면 독자가 결코 자신에게서 경험하지 못했을 무언가를 분별해 낼 수 있도록, 작가가 제공하는 일종의 광학 기구일 뿐이다. 따라서 책이 말하는 바를 독자가 자기 자신 속에서 깨달을 때, 그 책은 진실하다고 입증된다." 프루스트가 벤야민보다 20년 앞선 사람이지만 벤야민이 프루스트를 가져다 썼는지는 의문이다.

책에서 새로운 것을 접할 때 우리네 가슴이 뛰는 까닭은 이전에 몰랐던 사실에 눈을 떴기 때문이 아니다. 이미 내 안에 지니고 있거나 적어도 내 영혼과 어떻게든 연결되어 있는 것을 발견했기에 흥분하는 것이다. 아무리 많은 책을 읽어도 독서 체험이 빈약하다면 제 가진 것이 변변치 않은지 돌아볼 일이다. 그렇다면 내 안의 곳간을 어떻게 채워야 하나. 내면의 텍스트를 더하는 방법은 경험과 독서 말고는 없다. 이러나저러나 읽을 수밖에.

모든 것은 책으로부터 시작되었다.

앤 패디먼

∅21

책과 더불어 자란 한 여자가 책을 통해 연애를 하고, 결혼을 하고, 책으로 친구를 사귀고, 자식 둘을 낳아 함께 책을 읽으며 자란다. 패디먼 가족을 들여다보면 모든 것이 책에서 시작되었다 한들 허언이 아니다.

"책들은 우리의 삶의 이야기를 써 나간다. 책들이 우리 서가에 쌓이면서 그 한 권 한 권이 우리 삶의 이야기의 한 장을 구성하게 된다. 어떻게 그렇지 않을 수 있겠는가?"라는 앤 패디먼의 반문에 고개를 주억거린다. 책에 앉은 뽀얀 먼지만큼이나 책에 얽힌 추억도 두텁게 쌓이고, 책갈피마다 삶의 갈피도 포개진다.

책과 작별하기가 어려운 까닭이 여기에 있다. 책을 떼 놓는다는 것은 삶의 기억을 애써 떼 놓는 것, 심지어 제 살을 떼는 것 같은 아픔을 준다. 너덜너덜해지고 다 떨어져서 흩어지지 않게 고무줄로 묶어 놓은 책일수록 버리기 힘들다. 책과의 에로틱한 관계를 모르는 이들은 왜 넝마 같은 책을 갖고 있냐며 핀잔을 준다. 내가 며칠 집을 비운 새 엄마가 낡은 책장을 비워서 폐지 모으는 아저씨에게 주고 뻥튀기를 받아온 날, 부모의 반대로 가난한 연인과 헤어진 재력가의 아들인 양 섧게 울었다. "왜 저래?" 아버지의 물음에 엄마는 미안함을 이렇게 표현한다. "다 찢어진 책 좀 버렸다고 저 난리야!" 그 말이 비수처럼 꽂힌다.

보르헤스는 "새들이 없는 세상을 상상할 수 없는 사람이 있다. 물 없는 세상을 상상할 수 없는 사람이 있다. 나는 책 없는 세상을 상상할 수 없다"고 했다. 나도 매한가지다. 태초에 책이 있었으니 모든 것은 책에서 시작되었다. 나의 창세기를 쓴다면 그렇게 시작할 것이다.

책이 불러들이는 사람을 기다린다.

오에 겐자부로, 『읽는 인간』중에서

∅22

책에는 사람이 꼬인다. "같은 책을 읽었다는 것은 사람들 사이를 이어 주는 끈이다." 에머슨의 말에 고개를 끄덕인다. 오에 겐자부로는 책이 불러들인 사람을 만나고 배우는 것을 인생 최대의 행운으로 여긴다고 했다.

확실히 책은 사람을 부르는 재주가 있다. 책 곁에 앉아 책이 불러들이는 사람을 기다리고 있으면 어김없이 누군가 나타난다. 어쩐지 나와 잘 통하는 사람이 등장한다. 그런 책벗과 인생의 한 자락을, 혹은 몇 자락을 길벗 할 수 있어서 행복했다. 그렇게 내 인생에서 가장 큰 재산인 '사람'은 거개가 책을 경유해서 맺어졌다.

한 잡지의 독자모임에서 만나 벗이 되고, 내 졸저의 독자였다 형님아우로 호칭이 바뀌고, 술자리에서 책 수다를 떨다 동지로 투합한 것은 죄다 책이 중신을 서 준 덕이었다. 그리고 그런 사람들 속에서 나는 지금의 내가 되었다. 작가로나 목사로나 하나의 인간으로나.

책은 중매쟁이일 뿐 아니라 스스로 만남의 장소다. 지연, 혈연, 학연으로 말도 많고 탈도 많은 이 나라에 연 하나를 더한다면 눈살을 찌푸리겠지만 서연書緣은 괜찮을 것 같다. 책으로 맺은 인연, 이 얼마나 근사한가.

독서는 산파술이다. 책은 변화를 낳고 친구를 낳고 사랑을 낳는다. 부박한 내 삶에 가치 있는 것은 거의 대부분 책을 통해 나왔다.

책은 이 마음을 지켜 준다. 한때라도
놓아 버리면 그만큼 덕성이 풀어진다.
책을 읽으면 이 마음이 늘 있게 되고,
책을 읽지 않으면 마침내 의리義理를
보더라도 보이지 않게 된다.

———
장횡거

023

"비료는 묽게 줘야지."

죽은 화분을 들고 허탈한 표정을 짓는 어린 내게 엄마가 말씀하
셨다. 진하게 거름을 주면 비실비실하던 화초가 벌떡 일어날 거라
믿었다. 생각이 짧았다. 액비의 농도가 높으면 뿌리 안의 수액이
도리어 빠져나온다는 걸 몰랐다. 나중에 학교 생물 시간에 '아, 그
게 삼투압 현상이구나!' 하며 무지를 탓했다.

우리를 둘러싼 말의 농도가 진하다. 자기계발에 소홀하면 도태
된다, 뱃살은 자기 관리의 실패다, 중학교 이전에 인생이 결정난
다 등 고농도의 문장이 곳곳에 출렁인다. 내면의 농도가 어지간하

게 높지 않으면 내 몸의 수액을 세상에 다 빨릴 태세다.

책읽기는 내 안에 깃든 언어의 농도를 높이는 작업이다. 내 혈관에 우리 시대의 말보다 짙은 생명의 수액이 시퍼렇게 흐르면 역삼투압 현상이 발생한다. 이내 삶의 방식을 뺏기기는커녕 되레 몸 밖의 오염된 말도 흡수해 기꺼운 자양분으로 삼을 수 있다. 나를 살리는 문장이 이내 몸 곳곳에 기숙하면 자칫 세상에 휘둘리지 않을 강단이 생긴다. 이를 '존재를 의탁하는 책읽기'라 부름 직하다.

사랑은 말한다.
그대는 앉아 내 살을 먹으라.
그래서 나는 앉아서 먹었다.

조지 허버트

024

내 사랑 책이 말한다. 자기 살을 먹으라고. 순종적인 나는 앉아서 먹는다. 한 장씩 넘기며 탐식한다. 뼈에 붙은 살점까지 발라 먹는다. 독서는 저자가 책에 쏟아부은 피와 찢어 붙인 살로 나를 먹이고 기르는 행위다.

먹는 행위는 종종 기억하는 행위와 결부된다. 인육 풍습은 고인을 자신의 일부로 삼고자 행해진다. 제사 역시 고인을 기리며 밥상을 올리는 예전이고, 고인을 기억하는 자들이 모여 밥을 먹는 전례다. "기억한다는 것은 구원의 시작이다." 홀로코스트 기념비에 적힌 이 문장은 독서에도 참이다.

나를 기억하라. 예수가 마지막 식사에서 한 말이다. 내 살을 먹고 피를 마시지 않으면 너희 안에 생명이 없다. 기억하기 위해 읽는 모든 독서는 일종의 성찬례다. 이내 몸에 4·3, 4·19, 5·18, 6·10을 새기기 위한 읽기, 이내 삶에 안중근, 전태일, 문익환의 자리를 마련하기 위한 읽기는 그네들의 찢긴 살과 흘린 피를 먹고 마시며 기억하는 성찬례다.

많은 책을 읽는 것은 나무를 한곳에
모으는 것과 같지만, 거기에 불을
지르는 것은 단 하나의 문장이다. 마음에
남아 지울 수 없는 흔적은 여러 페이지를
마음자리에 태워서 생기는 것이 아니라
신이 불을 지펴 벌겋게 달궈 놓은 뜨거운
인두 같은 한 문장으로 선명하게 찍힌다.

존 파이퍼

025

    나는 자기가 읽은 책의 가장 감동적인 구절을 설레는 입술로 되뇌는 것보다 더 나은 '책읽기를 권함'을 알지 못한다. 스스로 문장 수집가라 칭하는 이도 있거니와 어쩌면 우리는 나 혼자 전율하고 회구하기에는 아까운 한 구절을 만나기 위해 수백 번이나 책장을 넘기는지도 모른다.

    책은 통째로 먹어야 참맛이지, 김밥에서 달걀지단 빼먹듯 맘에 드는 문장만 뽑아 읽지 말라고 한다. 하지만 내 존재를 흔들 한 구절이 도래하기를 고대하며 메마른 활자의 광야를 건넌다 한들 누가 비난할 수 있겠는가. 『독서력』의 저자 사이토 다카시도 내 편이다. "책을 반드시 끝까지 읽어야 하는 것은 아니다. 단 한 줄이 평생의 보물이 되기도 한다. 인생에 남을 한 줄의 문장을 찾고자 하는 마음으로 책을 읽는 것도 독서의 요령이다."

어쩌면 모든 저자는 그 단 한 구절을 발설하기 위해, 그 한 구절의 장미를 돋을새길 원고지 수백 매의 안개꽃을 조용히 피워 냈을지도 모른다. 실제로 시인과 작가는 종종 단 한 구절의 사람으로 남는다. 나는 죽기 전에 그 한 구절을 토해 낼 수 있을까.

고전은 모두가 읽고 싶어 하지만
정작 아무도 읽은 적이 없는 책이다.

마크 트웨인

026

12세기 프랑스 정치가이자 신학자인 블루아의 피터는 고전을 거인이라 칭했다. "우리는 거인들의 어깨 위에 서 있는 난장이들과 같다. 그 거인들 덕분에 우리는 그들보다 더 멀리 볼 수 있다." 지당한 말씀인데 막상 그 어깨에 올라타기가 쉽지 않다. 정희진 선생은 "내게 가장 어려운 책은 나의 경험과 겹치면서 오래도록 쓰라린 책이다. 면역력이 생기지 않는 책이 좋은 책이다. 그리고 그것이 '고전'이다"라고 했다. 그래서 고전에 선뜻 손이 안 가나 보다.

한번은 글벗님이 고전의 책장은 왜 그렇게 안 넘어가는지 모르겠다며 푸념을 했다. "사유를 강철로 단련한 이들의 문장은 어지간한 근육이 없이는 채 몇 장 넘기지 못할 정도로 무거워요. 그래서 마크 트웨인이 재치 있게 말했지요. 모두가 읽고 싶어 하지만 정작 아무도 읽은 적이 없는 책이 고전이라고." 제법 근사하게 답변을 해 놓고는 사족을 단다. "제가 이렇게 말하면 '아재 개그'라고 욕먹겠지만 고전을 상대하면 고전하기 마련입니다." 분위기가 착 가라앉는다. 역시 1절만 해야 한다.

고전을 기피함은 예나 지금이나 일반이었나 보다. 조선 후기의 문신 신후담은 성현의 글을 거목에 비기면서 거목을 베려면 응분의 도끼질이 들기 마련인데 그 수고를 마다하는 세태를 한恨한다. "요즈음 사람들은 글을 읽는 괴로움을 감내하지 못하고 한두 번 훑어보고는 스스로 안다고 자부하니, 뜻을 터득할 수 없음은 명백하다. 이것이야말로 자그마한 낫으로 큰 나무를 베다가 겨우 껍질이나 조금 벗기는 데에 그치는 것과 무엇이 다르겠는가."

즐거운 활자의 놀이터만 맴도는 것도 아쉽지만, 그렇다고 매번 거인의 어깨를 등반하는 고생을 감내하기도 자학적이다. 누군가 동시대의 책과 고전의 비율을 물으면 나는 '현칠고삼'이라 답한다. 나중엔 고전의 비율을 높일 수도 있지만 우리 시대의 책과 고전의 비율을 7대3 정도로 잡으면 균형이 맞지 않나 싶다. 9대1이나 8대2는 박하고 5대5나 6대4는 고전의 숲길에 막 들어선 이에게 벅찬 감이 있다. 성공은 '운칠기삼'이란 말이 있는데 독서엔 '현칠고삼'이라 우기고 싶다. C. S. 루이스의 제안도 크게 다르지 않다. 신간과 고전을 겨끔내기*로 읽으면 좋지만, 1대1이 볼되면** 신간 세 권에 적어도 고전 한 권은 읽으라고 했다.

고전은 칭송받되 사랑받지 못하는 불행한 책이다. 하지만 은자隱者가 자신을 알아주는 주군에게 목숨을 바치듯 고전은 자신을 알아주는 자에게 참벗이 되어 준다.

● 서로 번갈아 하기. ●● 볼되다: 매우 벅차고 힘에 겹다.

마흔 이후의 우리는 점점 더
유한해지는 생명의 시간을 장악하여 자신이
가장 원하는 영역에 집중해야 한다.

———
탕누어

027

미친 듯이 흡수하던 시절이 있었다. "나는 잡식성이어서 감정, 존재, 책, 사건, 전투 등 무엇이나 삼킨다. 온 땅을 먹고 싶고, 온 바다를 마시고 싶다." 네루다 산문의 한 소절이 딱 내 모습이었다. 책도 오만 가지 종류를 팠다. 대체 왜 이런 책을 샀을까 싶을 정도로 폭넓게 읽었다. 그럼에도 고전은 가까이 하기에 너무 먼 당신이었다. 고전이 좋다는 건 아는데 선뜻 손이 가지 않았다. '이래서 고전을 읽는구나!' 하는 순간이 없었겠냐마는 아픈 사람이 약을 먹기 위해 몇 술 억지로 밥술을 뜨듯 꾸역꾸역 고전을 읽었다.

그러다 생존과 밥벌이의 세계로 진입하면서 시간이란 놈은 더는 내 것이 아니게 되었고, 어느새 노안이 오면서 얼마나 밝은 시력과 맑은 정신으로 책을 더 볼 수 있을까 하는 문제가 성큼 현실의 옷을 입고 나타났다. 아, 독서가 시한부 활동이라니! 인생의 유한성 앞에 절로 책 선택이 까다로워지고 그 강팔짐의 끝은 어김없이 고전이다. 레이더에 포착된 신간도 잡아오지만 대개는 세월의 풍화작용을 통과하고 살아남은 정통 고전이나, 첫 선을 뵌 지 기십 년이 지나도 여전히 회자되는 이른바 우리 시대의 고전을 집어 든다. 에즈라 파운드의 말대로 "사람이 18세와 48세 때 같은 책을 좋아하지 않으면 안 된다는 이유는 그 어디에도 없다"지만 말이다. 그런데 이것 봐라. 세월이 주는 선물인가. 고전이 전보다 잘 읽힌다. 의무감으로 폈던 고전을 기꺼움으로 되읽는데 거기서 나를 보는 횟수가 늘어난다. 허병두 선생의 정의대로 고전은 "나이를 먹을수록 우리네 삶의 실체를 점점 더 놀랍게 보여 주는 텍스트"가 맞나 보다.

여느 부모나 교사의 통념과 달리 나는 어릴 적엔 고전을 읽히지 않는 편이 낫다고 본다. 『레 미제라블』은 장발장이 빵 훔친 이야기가 아닌데 제목도 『장발장』이라고 달린 축약판으로 대충 겉만 핥는다. 정작 커서 고전의 참맛을 알게 될 나이에 '응, 나 저거 읽었잖아' 하면서 지나친다. 축약판이라도 재밌게 읽으면 다행이건만 억지로 고전을 읽히려다 괜한 반감만 키운다. 서두르지 말라. 살고 지고 읽고 지고 하다 보면 고전의 호출벨이 들린다. 신중한 오에 겐자부로가 『읽는 인간』에서 괜한 장담을 하겠는가.

이건 자신 있게 드리는 말씀인데, 정신 차리고 지속적으로 책을 읽어 나가면, 저절로 고전이 한 권, 두 권, 그것도 일생에서 아주 소중한 무언가가 될 작품이 여러분에게 다가오기 마련입니다. 그건 정말 신기할 정도예요.

고전이란 사람들이 보통 '나는 ~를 다시
읽고 있어'라고 말하지 '나는 지금 ~를 읽고
있어'라고는 결코 이야기하지 않는 책이다.

이탈로 칼비노

028

이탈리아 소설가 칼비노는 『왜 고전을 읽는가』에서 고전을 열
네 가지로 정의한다. 그 첫 번째가 "고전이란 사람들이 보통 '나는
~를 다시 읽고 있어'라고 말하지 '나는 지금 ~를 읽고 있어'라고
는 결코 이야기하지 않는 책"이다. 빵 터진다. 나도 그런 적이 있
어서다. 처음 읽는다고 하기엔 어쩐지 민망해서 재독再讀임을 밝
히는 대목을 은근슬쩍 밀어 넣던 기억이 나서 실소를 흘린다.

그런데 이를 빨간 거짓말이라고만 할 수 없는 것은 "고전이란
우리가 처음 읽을 때조차 이전에 읽은 것 같은, '다시 읽는' 느낌을
주는 책"이란 다른 정의 때문이다. 그도 그럴 것이 우리가 읽은 거

의 모든 책은 시대마다 다른 옷을 입고 나온 고전의 현현 또는 투사다. 짜장 고전의 자장磁場 안에 놓이지 않는 책이 어디 있는가. 영국 철학자 화이트헤드는 "서양 2,000년 철학은 모두 플라톤의 각주에 불과하다"라고 선포하지 않았던가. 독서의 세월이 더해질수록 고전의 영향력이 상상 이상임을 절감한다.

고전은 초독이지만 재독이란 거짓말이 거짓부렁이 아니게 해 주는, 우리를 죄에서 건져 주는 구원의 책이다. 두 번째라며 거짓말을 하게 만들고는 그 거짓을 참으로 바꾸는 묘한 책이 고전이다.

아직 한 번도 잡지 않은 고전을 펴라. 거짓을 말하라. 다시 읽는다고. 동시에 참을 말하라. 다시 읽는다고.

내 이 세상 도처에서 쉴 곳을 찾았으되,
마침내 찾아낸, 책이 있는 구석방보다
나은 곳은 없더라.

———————

토마스 아 켐피스

029

마키아벨리. 움베르트 에코 못지않게 독서를 찬미한 이탈리아
인. 한때 승승장구했던 그는 피렌체를 다스리던 메디치가家에 밉
보이면서 반정부 인사로 낙인찍혔다. 공직에서 쫓겨난 직후엔 암
살 모의 혐의로 투옥되고, 혹독한 고문을 당하는 등 험악한 세월
을 통과한다. 가까스로 결백을 인정받고 풀려난 뒤 작은 농장에
은거하는 신세가 된다. 그런 그에게 책은 어떤 의미였을까.

저녁이 오면 나는 집으로 돌아와 서재로 간다. 서재 문 앞에서 흙
과 땀이 묻은 작업복을 벗고 궁정에 들어갈 때 입는 옷으로 갈아

입는다. 이렇게 엄숙한 옷차림으로 고대인이 모여 있는 궁정에 들어서면 그들은 반갑게 나를 맞이한다. 그곳에서 나는 온전히 나만의 것이며 내가 태어난 이유인 음식을 맛본다. 고대 성현들에게 삶의 의미가 무엇이냐고 물으면 그들은 친절하게 답해 준다. 이렇게 서재에서 네 시간쯤 보내다 보면 세상사를 잊고 짜증나는 일들도 모두 잊는다. 가난도 더 이상 무섭지 않고 죽음에 대한 두려움도 떨리던 마음도 편안해진다.

이 세상에서 가장 안전한 곳. 책이 있고 누구의 방해도 받지 않는 내 단칸방. 생산과 성취를 위해 폭주하는 세상에서 바보처럼 골방에 갇혀 느릿느릿 책장을 넘긴다. 누구는 정의를 외치고 누구는 사랑을 한다. 누구는 봉사를 하고 누구는 여행을 간다. 하나같이 아름다운 몸짓이건만 책 읽을 생각에 들뜬 표정을 지으며 골방으로 향하는 내 발걸음이 사랑옵구나. 나는 비교하지 않고 우월도 열등도 느끼지 않으니 누구도 이내 희락을 앗아갈 수 없으리. "마리아는 이 좋은 편을 택하였으니 빼앗기지 아니하리라"(누가복음 10:42).

쓸모없는 말 할 시간 있으면
책을 읽어라

책 읽을 시간 있으면
걸어라 산을 바다를 사막을

걸어다닐 시간 있으면
노래하고 춤춰라.

춤출 시간 있으면
입 다물고 앉아 있어라

━━━━━━
나나오 사카키

030

　"하루에 현미 한 홉 야채와 작은 생선/ 거기에 약간의 물과 듬
뿍 바람을 먹고" 쓰러져 죽을 때까지 지구별 곳곳을 횡단하며 노
래하길 그치지 않았던 한 시인의 잠언이다. 시인은 수다보다 독서
를, 독서보다 여행을, 여행보다 가무를, 가무보다 침묵을 예찬한
다. 다른 건 몰라도 침묵을 왕중왕에 둔 것엔 이견이 없다. 고요함
속에 움직임이 있음을 정중동靜中動이라 하는데 나는 침묵 속에 독
서가 있음을 묵중독黙中讀이라 한다.
　최고의 독서는 침묵이다. 눈을 감는 시視의 침묵과 입을 다무는
언言의 침묵에서 시작해, 모든 생각을 내려놓는 염念의 침묵을 지

나, 희로애락을 잠잠케 하는 정情의 침묵과 침묵하려는 뜻 자체까지 내려놓는 지志의 침묵에 가 닿으면 거기서 어떤 문장이 날 것 그대로 읽힌다.

하지만 침묵에 오래 거할 수 없는 하수下手인 나는 말과 글로 회귀하고 만다. 18세기 재속在俗 사제가 쓴 『침묵의 기술』은 침묵해야 할 이유로 "사람은 침묵 속에 거함으로써 스스로를 가장 효과적으로 관리할 수 있다. 침묵을 벗어나는 순간 사람은 자기 밖으로 넘쳐나게 되고 말을 통해 흩어져, 결국에는 자기 자신보다 남에게 의존하는 존재가 되고 만다"를 든다. 그렇다. 입을 여는 순간 반응을 기대하게 되고 타자를 의존하게 된다. 침묵하는 이들이 타자에게 휘둘리지 않고 묵묵히 주어진 길을 독파하는 비결이 여기에 있으리라. 현자의 가르침에 "옳거니!" 하고 무릎을 치면서도 나는 입을 열고 글을 읽으며 살아가련다. 우리가 서로 의존할 수밖에 없는 연약한 존재임을 인정하면서 내 말을 하고 네 글을 읽고 그렇게 오가는 말과 글 속에서 언제까지나 희구하고 절망하며 '관계' 속을 살아가련다.

저자가 책으로 말을 걸어온 것은 자신이 침묵을 견디지 못함과 자신이 의존적인 존재임을 실토한 것이다. 책을 읽는다는 것은 그 의존성을 멸시하는 대신 이내 의존성으로 화답한다는 것이니 나는 오늘도 책장을 넘긴다.

모든 책은 저마다의 운명을 지니고 있다
Habent sua fata libelli.

테렌티아누스 마우루스

Ø31

출판계에 곧잘 회자되는 말이다. 완전한 문장은 "독자의 역량에 따라 책들은 운명을 달리한다"Pro captu lectoris habent fata sua libelli라고 한다.

책이 사람의 운명을 바꾸지만 그 역도 참이다. 독자가 책의 운명을 바꾸기도 한다. 한 사람이라도 좋으니 손에 쥐이고 가슴에 안기는 책은 행복하다. 손때가 묻고 펜 자국이 번지고 모서리가 구겨져도 사랑받은 자국일 따름이다. 꾐을 받은 책은 손님의 집에 묵기도 하고 배낭에 실려 먼 길을 떠나기도 한다. 세월이 흘러도 멀쩡한 책과 달리 표지가 벗겨지고 제본이 떨어져 나가서 고무줄을 부목인 양 대 놓기도 하지만 그래서 더 애틋한 손길을 받는다. 이상하게 들리겠지만, 책과 사랑에 빠지고 나면 나의 행복이 아닌 책의 행복을 위해 읽기도 한다.

반면 기대를 한 몸에 받고 태어났지만 신간 매대에 잠시 머무른 것이 가장 빛나는 추억일 뿐 숱한 중고서점을 전전해도 애틋한 손길 한 번 받지 못한 채 결국엔 폐지로 팔려 가는 운명도 있다. 문장의 중량이 아니라 종이의 중량으로 평가받는 책은 얼마나 가엾은가?

임어당은 "독서는 결혼과 마찬가지로 차라리 운명이나 인연에 의하여 결정되는 것"이라고 했다. 한 권의 책과 한 존재의 해후는 실로 운명적이다. 무심코 들어간 헌책방에서 이뤄진 조우만이 아니라 과제나 의무에서 비롯된 독서도 필연성이 연출한 만남이다.

사람이 책을 고르는 것이 아니라
책이 사람을 고른다.

영화 『허리케인 카터』 중에서

032

집에 꽃이 떨어지면 들일 꽃을 찾으러 나선다. 공터나 낡은 골목에서 꽃무리를 만나면 가만히 들여다보며 묻는다. 혹시 우리 집에 가고 싶은 친구 있어? 꼭 손을 드는 아이들이 있다. 바람이 짓궂게 건드린 건지 꽃이 바람에게 부탁했는지 모르지만 나를 따라나선다. 그렇게 달래서 집에 데리고 와 물잔에 꽂으며 말한다. "쉽지 않은 결정을 내려줘서 고마워. 많이 예뻐해 줄게." 그때 문득 드는 생각. 아아, 내가 꽃을 고르지 않고 꽃이 나를 골랐구나. 오가는 허다한 이들 중에 꽃이 나를 점찍었구나.

책방이나 도서관에서도 같은 일이 벌어진다. 책장에 가지런히 꽂힌 책은 입양을 바라며 도열한 고아나 왕의 간택을 기다리는 무수리 같다. 윤대녕의 『지나가는 자의 초상』의 한 소절을 빌리면 "책들은, 아무 조바심도 없이 제 이름표를 등燈처럼 들고 누가 불러 주기만을 기다리는 동자승과도 같았다." 서가를 돌다가 한 권을 골라 집에 와서 펴 보면 그제야 깨닫는다. 아아, 내가 책을 택하지 않고 책이 나를 택했구나. 아룬다티 로이가 작가가 이야기를 고르는 것이 아니라 이야기가 작가를 고른다고 했듯이 독자가 책을 가리는 게 아니라 책이 독자를 가려낸다. 존 백스터 같은 이는 자신을 책사냥꾼이라 칭하지만 실은 독자야말로 책의 사냥감이다. 책은 서가를 드나드는 사람을 눈여겨보다 그중에 날 점지하곤 눈짓을 보낸다. 모퉁이를 돌던 나와 눈이 마주치면 나도 모르게 책을 집어 든다. 오, 바로 이런 책을 찾았어! 그렇게 우리는 책에게 사냥을 당한다.

유난히 어느 책에 눈길이 가고 마음길이 간다면 책이 내게 추파를 던지는 것이 틀림없다. 부디 책이 작업을 걸 때마다 넘어갈 준비가 되어 있기를. 통속 소설을 보면 "나 그렇게 저렴한 사람 아니야"라는 대목이 나온다. 책에겐 비싼 척하지 말라. 헤픈 독자가 최고 독자다.

책읽기는 중성적인 행위가 아니다.

움베르토 에코

033

독서는 무성無性 행위가 아니다. 책과 에로틱한 관계를 맺는 것이다. 내 경험을 봐도 책과 어김없이 정분이 났다. 책장을 애무하듯 쓰다듬어 본 이는 알리라. 책과 교접했다 한들 무리는 아님을. 사실 책을 성관계에 비유하는 어록은 짧지 않다.

"책을 읽으면서 그전에 다른 책을 읽었을 때를 회상하고 서로 비교하면서 그때의 감정을 불러내는 사람들도 있다"고 아르헨티나의 작가인 에세키엘 마르티네스 에스트라다는 촌평했다. "이런 독서야말로 가장 세련된(우아한delicate) 형태의 간통이다." 보르헤스는 체계적인 도서 목록을 불신하고 그런 간통 같은 독서를 권장했다.

— 알베르토 망구엘, 『독서의 역사』

정인情人과 잠자리를 하면서 지난 연인과의 베드신을 소환하는 것이 일종의 정신적 간음이라면 독서에는 그런 간음이 무수히 행해진다. 임어당 역시 독자와 서책의 관계를 견준다.

그는 자신의 문학적 애인에게 아주 몰입되어 책으로부터 영적 자양을 끌어내게 된다. 몇 년이 지나 그 마법이 사라지고 애인에 대하여 약간의 싫증을 느끼게 되면 그는 새로운 문학적 애인을 찾게 되고 그가 서너 사람의 애인을 찾아 그들을 완전히 이해하고 나면 그는 스스로가 저자로서 등장하게 되는 것이다. 세상에는 이러한 사랑에 절대로 빠지지 않는 독자도 많이 있는데, 이들은 마치 사랑을 놀음 삼아 하고 특정한 애인과 깊은 사랑을 맺을 수 없는 젊은 남녀와 같다. 그들은 어떤 책이나 모두 읽을 수 있지만 그 소득은 결코 아무것도 없다.

내가 글벗들에게 책과 사랑에 빠지지 못한 이는 저자가 될 수 없고, 그 책과 결별하지 못한 이도 저자가 될 수 없다고 하는 까닭이 여기에 있다. 책과 연정에 빠지는 모든 이에게 복이 있기를.

인생은 짧다. 이 책을 읽으면
저 책은 읽을 수가 없다.

———————

존 러스킨

034

    독서는 슬프다. 내 손에 한 권이 들리면 다른 책은 내려야 한다. 독서만큼 기회비용이 애잔하게 발생하는 활동도 없으리라. 내가 기회비용이란 경제학 용어에 '애잔하다'란 형용사를 물린 까닭은 어떤 책은 아무리 읽으려 해도 늘 "저만치 혼자서 피어 있"기 때문이다. 해마다 벼르면서도 이상하게 손에 잡히지 않는 책을 지나칠 때마다 헤어진 연인을 먼발치에서 보듯 가슴이 시리다.

    올해는 사랑해 주리라 다짐에 다짐을 거듭하지만 어쩐지 손길이 안 간다. 책장에 들인 지 강산이 몇 번 바뀌었건만 여태 눈길만 줄 뿐 손때를 묻히지 못하는 책이 있다. 내게 시집오라며 수십 년도 전에 데려왔건만 아직 침소로 들이지 않은 책의 원망에 가슴이 찢어진다. 언젠가 책장의 옷섶을 헤치고 속살을 탐해 보리라 벼르던 책을 끝내 읽지 못한 채 이내 생을 마감할지도 모른다.

독서가 인생과 묘하게 닮은 구석이 여기에 있다. 이것은 내가 원하는 삶이 아니고, 이곳도 내가 있을 곳이 아니라는 이들이 많다. 나 역시 그랬다. 이 정도면 괜찮은 삶이라 자족하면서도 정말 내가 원하는 길을 걷고 있는지 자문할 적마다 가슴 한쪽의 헛헛함을 지우기 힘들었다. 그러다 프리츠 오르트만의 『곰스크로 가는 기차』를 만났다. 이 묘한 작품은 미처 가 보지 못한 길일수록 내가 염원하는 바라고 믿기 쉽지만 실제로는 지금 내가 선택한 삶이 — 자의든 타의든 양자가 섞였든 — 내가 가장 원하던 것임을 알려 줬다.

"사람이 원한 것이 곧 그의 운명이고, 운명은 곧 그 사람이 원한 것이랍니다. 당신은 곰스크로 가는 걸 포기했고 여기 이 작은 마을에 눌러앉아 부인과 아이와 정원이 딸린 조그만 집을 얻었어요. 그것이 당신이 원한 것이지요. 당신이 그것을 원하지 않았다면, 기차가 이곳에서 정차했던 바로 그때 당신은 내리지도 않았을 것이고 기차를 놓치지도 않았을 거예요. 그 모든 순간마다 당신은 당신의 운명을 선택한 것이지요."

내 삶은 그릇되지 않았다! 나는 내가 선택한 운명을 살고 있다. 나의 독서도 그르치지 않았다. 가슴에 품은 책을 끝내 마치지 못하고 다른 책만 읽다가 죽었다 한들 실패한 책읽기는 아니다. 그것이 독서에 관한 한 나의 운명이고, 그 운명은 바로 내가 원한 것이다. 그러니 지금 읽는 책을 사랑하라. 손에 쥔 이 책이 너의 운명이다.

진정한 책읽기는 책쓰기가 될 때
비로소 완결된다.

———
탕누어

∅35

『기네스북』에 보면 '아이고, 의미 없다'는 말이 절로 나오는 기록이 있다. 스프레이로 머리카락 높이 세워 올리기, 티셔츠 250벌 넘게 껴입기, 입에 빨대 많이 넣고 10초 버티기 등. 발로 머리차기 기록보유자는 1분에 124회나 제 발로 제 머리에 발길질을 해댄다. 대체 이런 일을 왜 하나 싶다가도 그나마 세상이 살 만한 건 이런 재미난 이들이 있기 때문이리라. 의미 없는 일이 삶을 맛나게 하는 양념이 된다.

한국에는 18년간 책 200권을 써서 『기네스북』에 최연소 최단기간 최다집필로 이름을 등재한 사람이 있다. '7주 책쓰기 과정'을 열어 1천만 원에 달하는 수강료를 받고, 자기 책에 실린 일화를 뽑아 만든 사례집을 수강생들에게 280만 원에 파는 수법으로 수십억대 부자가 됐다는 양반이다. 아예 『서른여덟 작가, 코치, 강연가로 50억 자산가가 되다』라는 책까지 냈다. 그의 메시지는 단순하다. 부자가 되려면 책을 쓰고, 책쓰기는 자신에게 배우라는 것이다.

그가 "독서의 백미는 책 저술"이라 했다. 옳다, 책읽기의 최고봉은 책쓰기다. 발터 벤야민도 책을 찾고 소장하는 것의 극치는 결국 스스로 책을 한 권 쓰는 것이라고 말했으니까. 지당한 말씀인데 표절에, 사기에, 교주 논쟁까지 벌어진 사람 입에서 나온 말이라 그런지 입안이 쓰다.

우스꽝스러운 기록은 웃음이라도 주지만 이 사람이 세운 『기네스북』 기록은 헛헛하기 이를 데 없다. 글을 써서 밥을 벌어야 하는 처지야 내남이 따로 있겠냐마는 오직 돈벌이를 위해 글쓰기를 착취한다면 이는 무의미한 정도가 아니라 죄악이다. 내 감히 죄악이란 종교적 어휘를 사용했지만 제 배를 채우기 위해 그 많은 나무를 벤 것만으로도 죄가 아니고 무엇이겠는가.

불광불급不狂不及이라 했다. 미치지 않으면
미치지 못한다는 말이다. 남이 미치지 못할
경지에 도달하려면 미치지 않고는 안 된다.
미쳐야 미친다. 미치려면及 미쳐라狂.

———
정민

036

———

　　모든 발화를 무한경쟁의 전제 위에 독해하는 사회에서 이런 미
문美文도 미침及에 미친狂 세상을 강화, 재생산할까 두렵다. 책읽기
든 무엇이든 나는 남보다 높이 미치고자及 미치고狂 싶지는 않다.
그 미침及이 흔히 말하는 부귀나 권력일 경우엔 더욱 그렇다. 미침
及에 매임 없이 미치다狂 보면 자연스레 미침及도 따라오리라. 설
사 미침及은 없고 미침狂만 남는다 한들 어떠리. 미치지狂 않고 어
찌 살았다 하겠는가. 미치지及 않는 삶에 미쳐야狂 나 하나 겨우
지킬 수 있는 세상 아닌가. 이야말로 내가 미치고及 싶은 경지다.

식물학자들의 설명에 따르면
나무밑동에서 살아 있는 부분은 지름의
10분의 1 정도에 해당하는 바깥쪽이고,
그 안쪽은 대부분 생명의 기능을 소멸한
상태라고 한다. 동심원의 중심부는 물기가
닿지 않아 무기물로 변해 있고, 이 중심부는
나무가 사는 일에 간여하지 않는다.
이 중심부는 무위와 적막의 나라인데
이 무위의 중심이 나무의 전 존재를 하늘을
향해 수직으로 버티어 준다. 존재 전체가
수직으로 서지 못하면 나무는 죽는다.
무위는 존재의 뼈대이다.

————
김훈

037

읽으며 나도 모르게 말했다. "독서네!" 우리의 생존과 번식에 기여하지는 않으나 우리의 존재를 지탱해 주는 것, 우리를 무릎 꿇지 않고 꼿꼿하게 서서 버틸 수 있게 해 주는 것. 그것이 책읽기가 아니면 무엇이란 말인가.

사람이 일용기거日用起居와 보고 듣고 하는
일이 진실로 천하의 지극한 문장이 아님이
없다. 그런데도 사람들은 스스로 글이라
여기지 아니하고 반드시 책을 펼쳐 몇 줄의
글을 뻑뻑하게 목구멍과 이빨로 소리를 낸
뒤에야 비로소 책을 읽었다고 말한다.

———
홍길주

038

　공명선이란 사람은 증자의 문하생으로 들어가 삼 년 내내 글 한
줄 읽지 않았다고 한다. 스승인 증자가 어인 일인지 묻자 공명선
의 대답이 이랬다. "제가 선생님께서 집에 계실 때나 손님을 응접
하실 때나 조정에 계실 때를 보면서 그 처신을 배우려고 하였으나
아직 제대로 배우지 못했습니다. 제가 어찌 감히 아무것도 배우지
않으면서 선생님 문하에 머물러 있겠습니까."

　폴란드 시인 쉼보르스카는 "우리 삶은 중간 부분이 펼쳐진 책"
이라고 노래했다. 공명선은 스승이라는 펼쳐진 책을 탐독했다. 일
찍이 『효경』과 『논어』를 만 번 독파한 그가 아닌가. 스승의 일거

일동을 하루에 열 번이라 치면 3년간 만 번을 넘게 읽은 셈이다. 그래서일까, 연암 박지원은 '법고창신'을 논하는 유명한 글에서 "옛사람 중에 글을 잘 읽은 이가 있었으니 공명선이 바로 그"라며 상찬했다. 지구 반대편에서도 사람책을 읽었다. 유대교 신비주의 분파인 하시디즘의 한 성자는 말했다. "내가 메즈리츠의 랍비를 만나러 간 것은 그에게서 율법을 배우려 함이 아니고 그가 신발끈 매는 것을 지켜보기 위해서였다."

내가 새해를 맞는 의식처럼 정월 초하루마다 꺼내 읽는 카잔차키스의 『그리스인 조르바』 역시 사람책에 관한 이야기다. 주인공 '나'는 세상을 책으로만 배운 책벌레다. 진리를 찾아 책을 헤매던 나는 운명처럼 "모태母胎인 대지에서 탯줄이 떨어지지 않은 사나이" 조르바를 만난다. 조르바란 이름의 살아 있는 책은 활자책으로 빚어진 '나'의 껍질을 자근자근 부순다.

내가 사람책 읽기의 달인으로 꼽는 이는 예수다. 삶을 읽어 냄에 이처럼 탁월한 독서가가 없다. 그는 당대에 인간 취급 못 받고 손가락질당하던 세리와 창녀라는 텍스트를 새롭게 읽었다. 실제로 자캐오나 사마리아 여인은 예수에게 읽힘으로 구원에 가 닿았다. 값비싼 향유 옥합을 깬 여인을 제자들이 탓하자 그는 자신의 장례식을 준비하는 '거룩한 낭비'로 읽었다. 그의 사역이란 사람을 새롭게 읽는 것이나 다름없었다.

모든 완벽한 여행자는 항상
자신이 여행하는 나라를 창조하는 것이다.

니코스 카잔차키스

039

온전한 이해가 불가능하다는 점에서 모든 이해는 오해라 할 수
있다. 우리네 삶은 거대한 오해 더미 위에 구축되어 있으되 다행
히 잘도 굴러간다. 내가 누구를 좋아함은 그를 긍정적으로 오해한
것이요, 누구를 싫어함은 부정적으로 오해한 것이다. 알랭 드 보
통은 "우리 모두는 불충분한 자료에 기초해서 사랑에 빠지며, 우
리의 무지를 욕망으로 보충한다"고 했다. 책도 마찬가지다. 한 책
을 열독하는 까닭도 오독이요, 같은 책을 집어 던지는 까닭도 오
독에 있다.

이 오독에서 행간에 숨은 남다른 의미가 그 자태를 드러낸다.

모든 창조적인 독법은 과연 오독의 산물이다. 그런 독법의 구사자는 책을 읽어 내려가며 자신만의 방식으로 다시 책을 써 내려간다. 여행자가 자신이 밟는 땅을 창조하듯이 독서가는 자신이 읽는 책을 창조한다. H. V. 밀러는 "독서가 얼른 보기에는 창조와는 비슷하지 않은 것같이 보일지 모르나, 실제로는 어떤 깊은 의미에서 비슷한 것이다"라고 했다. 알랭 드 보통도 "모든 독자는 자기가 읽은 책의 저자다"라고 화답한다.

　안해랑 고등학교 시절에 만나 10년을 연애하고 20년을 살았으니 무려 서른 해를 반려해 왔다. 처음엔 그녀를 오독해서 사랑에 빠졌다고 쳐도 강산이 세 번 바뀐 지금도 여전히 오독 중이다. 나는 어쩌면 그렇게 한 사람을 창조해 가는지도 모르겠다. 물론 나 역시 그녀에 의해 새로 쓰이고 있겠지.

독자는 대단히 불손해도 된다.

신영복

활자가 주는 권위가 절대적인 시절이 있었다. 지면에서 오탈자를 발견하고는 어떻게 책이 틀릴 수 있냐며 가족들을 다 모아 놓고 흥분한 적이 있다. 커 가면서 그런 판타지가 사라지기 마련이지만 아직도 저자의 존재감에 압도당하는 독자들이 많다. 신영복 선생은 독자와 저자 간에 존재하는 비대칭성을 꼬집는다. 아무래도 독자는 저자를 우러르기 쉽고, 저자는 실제보다 더 뛰어난 척하기 마련이다. 거기 속으면 안 된다고, 독자는 저자에게 불손해도 된다고 말하는 선생은 멘토-멘티 같은 계몽적 프레임에 갇히지 말라고 덧붙인다. 책 속에서 저자는 환대하지 말아야 하는 유일한 인간이다.

대작가의 말이라면 무조건 옳다며 헤드뱅잉을 일삼는 독자들이 넘쳐나는 한 독서는 열혈팬의 콘서트장과 별다를 바 없다. 진리라고 믿는 것일수록 독서에는 헤드뱅잉과 함께 도리도리가 필수적이다. 우리가 아가였을 적에 젬젬, 도리도리, 곤지곤지를 배웠다. 저자의 주장을 젬젬으로 움켜쥔 다음엔 끄덕끄덕이 아닌 도리도리로 의심을 해 봐야 한다. 성호 이익은 "배움은 반드시 의문을 일으켜야 한다. 의문을 일으키지 않으면 얻어도 야물지가 않다"고 했다. 옳다. 도리도리를 거쳐야 곤지곤지를 할 수 있다. 의심의 늪을 건너야 삶이 나가야 할 바를 제 손가락으로 짚을 수 있지 않겠나.

그러니 자, 이제 머리를 좌우로 흔들어라! 브레히트와 함께 의심을 찬양하라!

확고불변한 진리를 부정하면서
오 멋져라, 머리를 옆으로 흔드는 것은!
— 베르톨트 브레히트, 「의심을 찬양함」

그녀는 겨드랑이에 책을 끼고
거리를 산책하는 것을 즐겼다. 책은
그녀에게 19세기 멋쟁이들이
들고 다녔던 우아한 지팡이와도 같았다.

밀란 쿤데라, 『참을 수 없는 존재의 가벼움』 중에서

∅41

전철이나 카페에서 주위를 의식하며 책을 편 적이 있는가. 집을 방문한 손님에게 보여 주려고 책장을 채운 적이 있는가. 지적인 이미지를 풍기려고 책 이름을 줄줄 읊은 적이 있는가. 나는 있다. 자주 그랬다.

『아주 특별한 독서』를 보면 영국인은 절대 읽지 않을 책을 남들에게 보이려고 평균 80권이나 구입한다고 한다. 런던에 거하는 독자의 삼분지 일은 지적인 사람으로 비치기 위해 책을 산다. 아무래도 영국 출판계 형편은 우리보다 나을 것 같다. 속물이라고 흉보기도 하겠지만 허세를 피할 수 없다면 책으로 있어 보이는 척하는 것도 나쁘지 않다. 적당한 자기 과시나 알맞은 나르시시즘은 삶을 가멸차게 하는 양념이니 말이다.

허세 중의 상 허세라는 지적 허세. 지적·문화적 과시욕이 있어야 전시회에도 사람이 들고, 클래식 음반도 팔리고, 고전을 내놓는 출판사도 먹고산다. 무엇보다 지적 스노비즘(속물 근성)을 옹호하는 까닭은 가토 슈이치의 말대로 "읽지 않은 책을 읽은 척하다 보면 정말로 읽어 볼 기회도 늘어나기" 때문이다. 실제로 나와 지인들은 자기 과시적 독서를 통과해서 현재의 지적 여로에 올랐다. 돈도 빌딩도 없는 흙수저들이 알량한 책으로 자존감을 옹호하다 개중에 이름난 작가도 나오고 강사도 나왔으니 뜻밖의 선물을 받은 셈이다.

혹시 아는가. 스노비즘이 그대에게도 의외의 길을 열어 줄는지. 이왕 허세를 부리고 싶다면 책으로 부려라.

많은 경험 가운데 가장 행복한 것은
책을 읽는 것이에요. 아, 책읽기보다
훨씬 더 좋은 게 있어요. 읽은 책을
다시 읽는 것이지요.

———
보르헤스

042

자칭 '푸드포르노 중독자'라는 정은지는 『내 식탁 위의 책들』에
서 밥과 책의 향연을 한껏 누린다. 오직 자신만을 위해 맛난 음식
을 한 상 차린 다음 즐거움의 정점을 찍기 위해 그가 마지막으로
들르는 곳은 서가다.

식탁 위의 책들. 이 은밀한 쾌락을 완성하는 책은 정해져 있다. 낯
선 손님은 나의 식탁에 초대받지 못한다. 수십 번도 아닌 수백 번
읽어서 이미 외운 지 오래인 책들만 올라오고, 책장이 저절로 펼
쳐질 정도로 같은 곳만 계속 본다. 좋아하는 음식을 좋아하는 그

릇에 담아 좋아하는 책을 읽으며 먹는다. 세상에 이보다 안전한
쾌락이 있을까.

독서가의 세계에선 '다시 읽기'만큼 찬미의 대상이 되는 것도 없
다. 존 러스킨은 "책은 한 번 읽으면 그 구실을 다하는 것이 아니
다. 재독하고 애독하며, 다시 손에서 떼어 놓을 수 없는 애착을 느
끼는 데서 그지없는 가치를 발견할 것이다"라고 한다. 보르헤스는
"새 책을 적게 읽고, 읽은 책을 다시 읽는 건 많이 하라"고 거든다.
　동양은 말할 것도 없다. 저 유명한 '위편삼절'韋編三絶(공자가 『주
역』을 읽고 또 읽어 죽간을 묶은 가죽 끈이 세 번이나 끊어진 데
서 나온 말)에서 보듯 우리네 독서의 미학은 백독, 천독을 으뜸으
로 친다. 옛말에 "글을 일천 번을 읽으면 그 의미가 저절로 나타난
다" 했으며, 또 말하기를 "묵은 글을 싫증내지 않고 일백 번을 읽
는다" 했다.
　한때 속독이 온 나라에 유행한 적이 있다. 더는 속독학원을 찾
을 수 없지만 책을 빨리 읽어야 한다는 강박의 그림자는 아직 걷
히지 않았다. "저는 책을 너무 늦게 읽어요"라는 자책은 흔하되
"저는 책을 너무 빨리 읽어요"라는 반성은 드물다. 아직도 책장을
빨리 넘겨서 더 많은 책을 읽는 다다익선이 으뜸이다. 필요나 상
황에 따라 핫도그 먹기 대회 참가자처럼 읽어야 할 때도 있지만
속독과 다독이 지배적인 독서론인 한 독자나 저자나 피차 불행해
진다. 우리에겐 '다독'술이 아니라 다'독술'이 필요하지 않을까. 다
시 읽는 재독, 천천히 읽는 완독, 쓰면서 읽는 필독, 소리 내어 읽
는 음독 등 독서를 풍성하게 하는 방법은 또 얼마나 많은가.
　내가 늘 말하듯 후루룩 국물을 들이켜듯 하루에 두세 권씩 읽어
치우는 사람이 아니라 하루에도 두세 번 되읽을 책을 가진 사람이
행복한 독서가다. 그렇게 평생을 반려할 책을 한 권씩 늘려 가다
가 책장 한구석에 자신만의 도서관을 세우고, 수시로 드나들며 대
출 횟수를 늘리는 사람은 복되다.

독서는 몸이 책을 통과하는 것이다.

정희진

되읽기가 정은지의 식탁처럼 즐겁지만은 않다. 책읽기는 본디 노동이다. 독서를 몸이 책을 통과하는 것으로 정의하는 정희진은 읽고 되읽고 필사하는 고생을 아끼지 않는다. 그렇게 '몸으로 읽기'를 통해 "책을 완전히 내 것으로, 내 몸의 일부로" 만들면, "책을 쓴 작가보다 더 '내 것'이 된다." 나는 이를 체독體讀이라 부른다.

소가 반추하듯 책을 씹고 되씹은 다음 자기 문장으로 토해 내면 완전히 소화해 낸 것이다. 『교양인의 독서생활』을 쓴 시미즈 이쿠타로도 같은 말을 한다.

책을 읽고 배운 점을 서툴러도 좋으니 자기 문장으로 표현했을 때 비로소 마음속에 이해가 생긴다. 깊은 이해다. 깊은 이해는 책으로부터 배운 것을 내뱉는 것이 아니라 거기서 독서 이전의, 독서 이외의 자신의 경험, 그 책에 대한 자신의 반응… 그런 주체적인 것이 녹아드는 데서 생긴다. 그런 것이 녹아들면 그 책은 두 번 다시 사라지지 않고 자기 마음속에 각인된다.

이런 책읽기는 다독가로 만들어 주진 못해도 행복한 독자로 만들어 줄 수는 있다. 수백, 수천 권의 책 제목과 작가의 이름을 줄줄 읊으며 다른 이들의 감탄을 유발하기보다는 "몇 권 안 되는 책 일망정 속속들이 알아 그 책들을 손에 집어 드는 순간 그것을 읽던 수많은 시간들의 감동을 생생하게 느낄 수 있는 편이 더 귀하고 만족스러우리라"(헤르만 헤세, 『헤르만 헤세의 독서의 기술』).

헤세는 남들보다 더 많이 읽어야 한다는 조급함으로 끝없는 책 사냥에 몰두하느니 차라리 한 작가, 한 시대, 한 사조의 작품을 오랜 시간을 들여 섭렵하라고 권한다. "들썩이는 호기심으로 온갖 시대 온 나라 문학의 별별 습작과 수준 미달의 작품들을 꿀꺽꿀꺽 집어삼킨 이보다, 우수한 제 나라 작가 서너 명을 반복하여 완벽하게 읽는 사람이 훨씬 더 풍요로우며 많은 것을 깨우"친다.

결국 남에게 보이느냐, 내게 충실하냐의 문제임을 재확인한다. 여행에서도 닮은꼴을 본다. 체험 욕구보다 전시 욕구가 강해지면서 즐거운 시간을 누리기보다는 즐거워 보이는 사진을 남기는 것이 여행의 주 목적이 된다. 인터넷엔 행복해서 어쩔 줄 모르는 사진이 넘치지만 가장 행복한 순간엔 사진을 찍을 생각조차 못한다. 하지만 행복한 표정을 찍어 올리고 "와, 정말 행복해 보인다!"라는 댓글이 달리면 실제로 행복해지는 사람들이 늘어난다. 독서는 그러지 않으면 좋겠다. 『파우스트』를 읽어서 만족하는 것이 아니라 『파우스트』를 읽었다고 말할 수 있어서 만족한다면 나도 할 말은 없지만.

103

일상생활에 필요한 일들은 각자 재주와
능력에 따라 독서하고 수행하는 한가한 틈을
이용해 배우고 익혀야 한다.

———
이덕무

044

책깨나 읽는 이들에게 간혹 발견하는 병폐가 있다. 대놓고 말은
안 해도 책읽기를 우위에 놓고 다른 활동, 특히 대수롭지 않은 잡
무를 홀대한다. 어릴 적에 부모가 외출했다가 돌아와서 책 읽는
모습을 보면 "아이고 착하다. 책 읽고 있네" 한 적이 있을 게다. 독
서는 착하다는 윤리적 판단과 전혀 무관한 활동인데도 그런다. 잔
심부름을 시키려다가도 책을 읽고 있으면 "쟤는 공부하잖아" 하
고 놀거나 빈둥거리는 애를 부른다. 그렇게 우리는 어릴 적부터
놀이와 나태가 학습과 독서보다 열등하다는 차별을 내면화했다.
그러다 보니 어른이 돼서도 책읽기가 여전히 우월한 지위를 차지

해야 한다고 믿는 양반들이 있다. TV 보다가 아내가 집안일을 시키면 군소리 없이 하면서도 독서 중이면 "나 지금 책 보잖아" 한다. 아니, 책이 대순가? 독서가 변기 청소나 쓰레기 배출보다 고귀하단 근거는 뭔가?

조선의 유명한 책벌레 이덕무는 당대의 양반들과 달리 "농사짓고, 나무하고, 고기 잡고, 가축을 기르는 일은 사람이 평생토록 마땅히 해야 할 본분"이라고 명토 박는다. 생계를 위한 노동만 아니라 생활을 위한 노동에도 경홀히 여김이 없어서 "목수·미장이·대장장이·옹기장이가 하는 일부터 새끼 꼬는 일·짚신 삼는 일·그물 뜨는 일·발 엮는 일·먹과 붓 만드는 일·옷감 재단하는 일·책 매는 일·술 빚는 일·밥 짓는 일 그리고 그 밖의 일상생활에 필요한 일들은 각자 재주와 능력에 따라 독서하고 수행하는 한가한 틈을 이용해 배우고 익혀야 한다"고 간한다. 허균은 독서삼매의 예를 들면서 중국 후한 시대의 고봉이란 사람이 책읽기에 정신이 팔려 보리 멍석이 폭우에 쓸려가도 몰랐던 일을 칭송하고, 중국 전조前趙 시대의 사람 왕육이 책에 푹 빠져 남의 집 양¥을 치다가 잃어버린 일을 예찬한다. 하지만 이건 민폐 그 이상도 이하도 아니다. 책밖에 모르는 간서치看書癡라고 해서 생활치를 정당화할 수 없다.

글과 말로 먹고사느라 책을 놓을 수 없지만 그에 앞서 네 아이를 키우는 생활인인 나로서는, 독서와 생활의 조화를 좇는 이덕무와 톨스토이가 더 나은 스승이다. 이덕무가 『사소절』에서 "사람이 독서하는 틈을 이용해 울타리를 매고 담을 쌓거나 마당을 쓸고 변소를 치우거나 말을 먹이고 물꼬를 보며 방아 찧는 일을 한다면 몸과 체력이 단단해지고 뜻과 생각이 평안해져 안정을 찾을 수 있다"고 경험담을 나눈다. 이에 톨스토이는 "식사를 준비하고 집을 청소하고 빨래를 하는 일상적 노동을 무시하고서는 훌륭한 삶을 살 수 없다"고 화답한다. 『살아갈 날들을 위한 공부』에 나오는 말이다. 허드렛일이 공부다.

생애에서 몇 번이고 되풀이해 읽을 수 있는
한 권의 책을 가진 사람은 행복한 사람이다.
더욱이 여러 권의 책을 가진 사람은 행복을
다한 사람이다.

———
몽테를랑

045

세간 비우기가 유행이다. 휑해 보이는 집이 자유를 준다며 예찬
하고, 물건 가짓수를 정해 더 늘리지 않고 살기도 한다. 도미니크
로로는 『심플하게 산다』에서 "많이 소유하지 않으면 실제로 삶의
질이 개선된다"고 자신한다. 책에도 해당할까? 예전엔 책은 많이
소유할수록 좋은 유일한 사물이라 믿었지만 이제는 안다. 책장 역
시 비워도 좋다는 것을. 스페인 속담은 "책과 친구는 수가 적고 좋
아야 한다"고 부추긴다.

오늘날 개인 장서는 과거에 비해 어마어마한 규모다. 에르네스
뜨 디므네의 『생각의 기술』을 보면 왕이나 귀족, 부유한 수도원의

장서라 해도 1천 권을 넘는 일은 거의 없었다고 한다. 스피노자도 60권이 채 못 되는 책을 소유했고, 백 년 후 칸트도 300권을 모으는 데 그쳤다.

오랜 세월 덜 사고 덜 쓰는 것을 영성으로 받들었다. 내게는 소비문화시대를 거스르는 저항이기도 했다. 유일한 사치, 유일한 물욕이 있다면 책이었다. 벼르던 책을 집에 들인 날은 명품을 구입한 날보다 심장 박동이 컸다. 그렇게 늘려 가던 장서를 축소하는 쪽으로 방향을 튼 데에는 두 가지 사연이 작용했다. 하나는 요 앞에서 밝혔듯 책에게 생활을 위한 자리를 양보하도록 종용한 것으로 다분히 비자발적인 몸짓이었다. 다른 하나는 할 수 있는 한 많은 책을 읽고 소장하던 쪽에서 인생책만 추려 반복해서 읽는 쪽으로 넘어온 것인데 이번엔 자발적으로 책장을 비우기 시작했다. 오카자키 다케시는 "진정한 독서가는 서너 번 다시 읽을 책을 한 권이라도 많이 가진 사람"이라고 했고, 몽테를랑은 그런 책을 여러 권 가졌다면 지복의 사람이라고도 했다. 감히 복을 다했다는 말을 쓰다니 얼마나 좋으면 그랬을까.

허균의 『한정록』에 보면 왕도곤이란 양반은 1만 권이 넘는 책을 소장했다. 손님이 놀라 곁눈질을 하자 그저 참고용으로 구비한 것이라며 "인생에 쓸모 있는 책은 단지 몇 종류를 숙독하면 되네. 비유하자면 중국 한漢나라 고조高祖가 천하를 취할 적에 가장 뜻이 맞았던 사람은 소하와 장량과 한신 등에 불과했지"라고 덧붙인다.

인생길이 그렇듯 독서의 순례길에도 바랑을 질 때가 있고 놓을 때가 있다. 두루 섭렵하고자 무거운 책보를 바리바리 이고 걷는 구간이 오는가 하면 삶의 버팀목이 되어 줄 몇 권만을 반려로 삼는 계절이 온다.

명창정궤 明窓淨几

구양수

046

　장서 다이어트에 동의한다면 책장의 허리 사이즈를 어디까지
줄여야 할까? 나는 일단 1천 권까지 추리고, 가능하다면 500권까
지 감량하는 것이 목표다. 오카자키 다케시 역시 500권을 소장하
면서 개인장서로는 이상적이라고 자평한다. "철제 책장 세 개에
지금은 손에 넣기 힘든 고서, 항상 베스트 100 안에 드는 애독서,
자료로 자주 펼쳐 보는 책을 엄선해 꽂아 두고 그 이상 책을 늘리
지 않는다. 어떤 의미로는 이상적인 장서다." 시노다 하지메라는
'500권의 가치'를 이렇게 풀어낸다.

책 500권이란 칠칠치 못하거나 공부가 부족하다는 것과는 다르다. 어지간한 금욕과 단념이 없으면 실현하기 어려운 일이다. 이를 실현하려면 보통 정신력으로는 안 된다.

금욕과 단념이라. 마치 종교적인 덕목으로 들린다. 그렇다. 소유를 늘리기보다 줄이기가 어렵듯 화려한 장서보다 질박한 장서를 갖추기가 난망이다. 장서욕을 어르고 달래기도 어렵고, 지적 허세를 내려놓기기도 쉽지 않거니와 무엇보다 장서를 농축하는 일은 나만의 고전을 구축하는 지난한 작업이다. 게다가 "나만의 고전을 만드는 것은 곧 나를 만들어 가는 과정"(와타나베 쇼이치, 『지적생활의 발견』)이기에 평생이 걸린다.

어렵사리 갖춘 책장을 미분하고 또 미분하면 무엇이 남을까? 장서 농축의 결정판은 구양수가 「시필」에서 노래한 명창정궤明窓淨几다. 볕 드는 창 아래 놓인 정갈한 책상. 그 위에 놓인 한 권의 책. 무엇이 더 필요할까. 그 사람은 모든 것을 가졌다.

다음 날 그녀와 만났을 때 그녀에게
키스를 하려고 하자, 그녀는 몸을 뺐다.
"그 전에 먼저 내게 책을 읽어 줘야 해."
그녀의 말은 진심이었다.
(…)
책 읽어 주기, 샤워, 사랑 행위 그러고 나서
잠시 같이 누워 있기. 이것은 우리 만남의
의식이 되었다.

베른하르트 슐링크, 『책 읽어주는 남자』 중에서

047

 정인情人과 알몸으로 책을 읽는 것만큼 뇌쇄적인 것이 있을까. 『신곡』의 파올로와 프란체스카는 첫 입맞춤을 나눈 뒤로 아무 책도 읽지 않았지만, 『책 읽어주는 남자』의 한나와 미하엘은 서로의 몸을 읽기 전마다 책을 읽었다. 다음과 같은 장면은 또 얼마나 고혹적인가.

 나는 황혼 속에서 그녀와 함께 침대에 머물고 싶어서 더 오랫동안 책을 읽었다. 그녀가 내 몸 위에서 잠이 들고, 마당의 톱질 소리도 잠들고, 지빠귀의 노랫소리가 들려오고 그리고 부엌에 있는 물건들의 색깔 중에서 약간 밝거나 약간 어두운 잿빛 색조만이 남게 될 때면, 나는 이 세상에서 가장 행복했다.

망구엘은 "연인을 향한 사랑이 책을 향한 사랑을 배척하지는 않는다"고 했지만 반대 상황도 벌어지기 마련이다. 카프카가 좋아한 중국 청나라 시인 원매의 「한야」는 독서가 사랑에 훼살을 놓는 모습을 익살맞게 그린다.

추운 밤 책을 읽다가 잠자리에 들 시간을 잊었노라.
내 금침의 향내는 벌써 날아가고, 난로에는 불기가 사그라졌다.
애써 화를 참던 내 아름다운 애인이 등잔을 낚아채 가며 이르기를
낭군께선 지금 시간이 몇 시나 되었는지 아시는가.

홀로 독서삼매에 드는 대신 애인에게 책을 읽어 줬다면 등잔을 뺏기지 않았으리라. 앤 패디먼은 "결혼은 장거리 경주이며, 낭독은 이따금씩 탈진하는 경주자들에게 힘을 북돋워 주기 위해 조제된 낭만적인 게토레이"라고 했다. 인생의 반려자에게 소리 내어 책을 읽어 주라. 알몸으로 읽어 준다면 더 좋으리라.

넓은 의미에서 독서라는 행위가
우리 인간이란 종을 정의한다.

알베르토 망구엘

048

　문맹이 현격하게 줄었다지만 엄연히 글을 못 읽는 이들이 있는
데 독서라는 행위가 인간이란 종을 규정하다니. 무지랭이 민초를
염두에 두지 않고 자기 세계에 함몰된 지식인의 편벽 아닌가. 당
장 우리 장모님만 해도 학교에 못 다녀 글을 못 읽는다. 음, 그런
데 독서가 활자만 아니라 만물을 읽는 것이라면?

　조선 후기의 문장가 홍길주는 『수여방필』에서 "문장은 단지 독
서에만 있지 않고, 독서는 단지 책 속에만 있지 않다. 산과 시내,
구름과 새와 짐승, 풀과 나무 등의 볼거리 및 일상의 자질구레한
일들이 모두 독서다"라고 하면서 독서의 외연을 온누리로 확산한

다. 그는 만물이 서책이고 만인이 독자임을 이렇게 풀어낸다.

천하에는 책을 함께 읽을 만한 사람도 없고, 함께 읽지 못할 사람도 없다. 시서詩書와 육예六藝를 지은 옛 작자는 모두 죽고 없다. 내가 책에서 깨달은 것이 있다 한들 장차 누구와 함께 말하겠는가? 그래서 천하 사람 중에 더불어 책 읽을 만한 사람이 없다고 말하는 것이다. 하지만 저 산의 나무꾼이나 들의 농부, 저자의 장사치나 거간꾼의 경우, 그가 혹 한 글자도 모르는 무식한 사람이거나, 또 일찍이 나와 더불어 평소 한마디 말도 해 보지 않은 사람이라 할지라도, 만나서 그 하는 행동을 보면 눈길이 노니는 바와 발길이 가는 곳, 손에 들고 다니는 것과 입에서 나오는 말에서 천하에서 날로 쓰는 떳떳한 윤리와 인정의 선악, 그리고 별들과 비바람, 산천과 숲과 못, 안개구름과 새 짐승의 변화가 뒤섞여 그 사이에 오간다. 그 소리와 모습이 천하의 지극한 문장 아님이 없는지라, 내가 모두 얻어서 이를 읽는다. 그래서 천하 사람 중에 더불어 책을 읽지 못할 사람이 없다고 말하는 것이다.

서책의 편재성과 문맹의 부재성을 이렇게 근사하게 풀어내다니. 어쩌면 우리 장모님은 나보다 더 많은 책을 읽으셨는지도 모른다.

근래에 '사람책'이란 말이 회자된다. '사람은 말하는 책'이라는 관점에서 비롯된 기획으로 덴마크 등 유럽에선 집시, 동성애자, 이슬람신자, 남자 보모 등 다양한 사람책을 읽으며 '우리 안의 파시즘'을 자각했다고 한다. 유럽의 지식인들이 이런 일을 벌이기 전에 구전전승이 살아 있던 제3세계에선 이미 사람이 가장 귀한 책이었다. "죽어 가는 노인은 불타는 도서관과 같다"(베르나르 베르베르, 「황혼의 반란」)는 아프리카 속담에서 보듯 평생의 경험에서 얻은 풍부한 지혜와 통찰은 책이 아니라 도서관이라 할 만하다. 살아생전 장모님이라는 도서관에 자주 들르고 싶다.   113

중국의 혁명은 도서관에서 시작되었다.

로스 테릴

049

    내 나이 스물일곱, 느지막이 장교로 입대했다. 군사문화를 혐오하는 내가 훈련소에서 '뺑이'를 치며 유일하게 맘에 든 점 하나. 집이 강남이든 시골이든 부모가 잘났든 못났든 일류대를 나왔든 삼류대를 나왔든 우리는 다 같은 후보생도였다. 명품 속옷을 입은 놈도 고무줄 늘어난 빤스를 입은 놈도 '사제 옷'은 모조리 집에 부치고 국방부에서 지급한 '브레이브 맨' 속옷을 일괄 착용했다. 그렇게 원점에서 다시 시작해서일까, 박사나 유학파 친구들은 쩔쩔매고, 무시당하던 '지잡대' 출신들이 날고 기는 계층 역전이 다반사로 벌어졌다. 그 중간에서 나는 뭔지 모를 쾌감을 느꼈다. 견고

한 사회적 불평등이 획일적인 군대에서 타파되는 역설이라니.

내가 공공도서관을 출입하다가 문득 이곳이 신성하다고 느끼는 까닭은 세상에 몇 안 되는 평등한 공간이기 때문이다. 도서관에선 누구나 평등하다. 금수저나 흙수저도 여기선 한 명의 이용자일 뿐이다. 대출카드도 점유좌석도 똑같다. '골드'라고 박힌 대출카드를 들고 회장님 의자에 앉는 회원은 없다. 대출권수도, 대출기한도 똑같다. 내가 쓴 책이 우리 동네 구립도서관에 꽂혀 있다고 해서 특별대우를 해 주지 않는다.

인류의 지적 자산을 사유하지 않고 공유한다는 점에서 도서관을 가장 사회주의적인 산물이라 하는 이도 있다. 실제로 도서관은 혁명의 산실이 되곤 했다. 마르크스는 영국 망명 생활 30년간 대영도서관 열람실에서 살다시피 했다. 『자본론』도 거기서 썼다. 엥겔스를 보러 맨체스터에 가도 도서관에서 만났다. 레닌의 혁명은 도서관에서 발아했다. 불법집회에 가담했다는 이유로 대학에서 제적당하자 도서관에서 마르크스의 저작을 탐독했다. 변호사가 되고 나서도 도서관에서 살다시피 했다. 1900년 최초 망명지인 스위스에서 하루 열댓 시간을 도서관에서 읽고 썼다. 다음 해 독일 뮌헨도서관에서 『무엇을 할 것인가』를 탈고했다. 1902년 런던에 체류할 때는 마르크스의 자취가 서린 대영도서관에서 둥지를 틀었다. 그의 망명 생활은 유럽 도서관 순례를 방불했다. 마오쩌둥도 도서관이 키워 낸 사람이다. 학교를 그만두고 점심시간을 제외한 나머지 시간을 고향의 시골 도서관에서 미친 듯이 열독했다. 1919년 5·4운동이 일어날 즈음 베이징대학 도서관에서 사서 조수로 일하며 마르크스와 레닌의 책을 접했다. 마오쩌둥 전기를 쓴 로스 테릴은 "중국의 혁명은 도서관에서 시작되었다"고 선언한다.

그들이 거쳐 간 도서관만 그러할까. 세상의 모든 도서관은 혁명을 발아하고 있는지도 모른다.

한 권의 책을 천천히 시간을 들여 읽으면,
실은 열 권 스무 권을 읽었을 때와
마찬가지로 뿌듯함을 느낄 수 있다. 이것은
비유도 무엇도 아니다. 실제로 그 책이
태어나기 위해서는 열 권 스무 권이라는
책의 존재가 필요하며, 우리는 슬로리딩을
통해 그들 존재를 향해 열린 길을 만날 수
있는 것이다.

히라노 게이치로

050

행동은 날랜 편인데 읽기는 굼뜨다. 같은 날 시작했는데 "난 벌써 다 읽었지" 하는 속독파들이 부러웠다. 빨리 읽어 봐야 해치운 책 목록을 줄줄 읊는 것 빼곤 그다지 나을 게 없음을 나중에 깨달았지만 당시엔 뒤처지는 것 같아 뾰로통한 표정을 지었다.

한 권을 충분히 맛보며 읽으면 적어도 열 권을 읽는 거란 말이 있다. 내가 손에 쥔 책에 물리적 결합으로 담기고 혹은 화학적 융합으로 스민 책을 흡수하다 보면 느리게 읽을 수밖에 없다. 쓰인 것 이상의 벅참을 느끼는 것은 이에 기인한다. 로맹 롤랑이 말한 "좋은 책을 천천히 읽어 나갈 때의 묘한 힘"이 그것이다. 냉수 마시듯 벌컥벌컥 읽어 버리면 글의 모태가 되고 전사前史가 된 책을 거기서 찾아 읽을 수가 없다. 손에 쥔 딱 그 책만 읽게 된다. 속독이 부박할 수밖에 없는 이유다.

독서가 여유로워야 하는 까닭은 책이라는 상품 자체의 속성에서 기인하기도 한다. 『노란 불빛의 서점』을 쓴 루이스 버즈비가 이를 잘 풀어 놓았다.

책은 느림을 동반한다. 시간을 요한다. 글을 쓰는 일, 책을 펴내는 일, 읽는 일이란 죄 늘어지는 일이다. 400쪽짜리 책 한 권이면 집필에만도 몇 년이 걸리거니와 출판되기까지는 그보다 더 오랜 세월이 걸릴 수도 있다. 게다가 책을 구입한 뒤에도 그걸 읽는 독자는 며칠이나 몇 주, 때로는 몇 달에 걸쳐 한자리에 눌러앉아 몇 시간씩을 보낼 작정을 해야 한다.

물론 완독과 속독, 정독과 다독은 적이 아닌 동반자다. 적절하게 교체선수로 나와야 한다. 다만 소가 되새김질하듯 천천히 읽고 다시 읽기보다는 고래가 단번에 많은 새우를 삼키듯 읽는 쪽이 대세라 여기서는 완독의 손을 들어 준다.

읽기 반 놀기 반의 책이야말로
'독서 쾌락주의'의 정수일지도 모른다.

김열규

∅51

조급한 세상을 벗어나 책으로 도피해 놓고도 우리는 왜 그리 조급하게 책장을 넘기는 걸까? 더 빨리, 더 많이 읽고자 하는 강박은 고금이 다르지 않아서 과거에도 이를 금하는 훈계가 적지 않았다. 퇴계는 "옛사람은 글을 읽을 때 정밀하고 익숙하게 하는 것을 귀하게 여겼지 빨리 읽어 빨리 끝내는 것을 숭상하지 않았다"고했다. 조선 후기의 문신 이덕수도 "빨리 읽고 많이 읽는 것만 힘쓴다면 책 읽는 소리가 하루 종일 그치지 않아 남보다 책을 훨씬 더많이 읽는다고 해도 마음속에는 아무것도 얻는 것이 없다"고 일갈한다. "독서는 푹 젖는 것을 귀하게 여긴다. 푹 젖게 되면 책과 내가 온전히 하나가 된다"는 서아일체書我一體의 경지를 논하는 그로서는 당연한 귀결이다.

주자는 속독의 대척점으로 숙독熟讀, 곧 무르익도록 읽기를 강조했다. 속독과 숙독은 한 끗 차이지만 그 차이는 패스트푸드와 슬로푸드만큼이나 다르다. 야마무라 오사무의 말마따나 "분명히 먹는 것과 읽는 것은 서로 많이 닮았다." 식사가 영양 섭취만을 위한 것이 아니듯 독서도 지식 섭취만을 위한 것은 아니다. 책갈피에서 삶의 갈피를 만지려면 꼬옴꼬옴 씹으면서 읽을 수밖에 없다. 안타깝게도 정성 가득한 집밥보다 패스트푸드가 맞갖다●고 하는 이들이 있듯 속독에 대한 병적인 애착을 버리지 못하는 이들도 있다.

숙독이 좋음을 알면서도 선뜻 손을 내밀지 못하는 다른 이유는 숙독이 열독熱讀을 동반하기 때문이다. 하지만 무르게 읽기가 늘 치열한 읽기일 필요는 없다. 책읽기가 올림픽을 앞둔 태릉선수촌처럼 가열하면 힘 빼고 설렁설렁 놀면서 읽어도 괜찮다고 하는 김열규 선생을 떠올린다. "느긋함이 오히려 글의 숨겨진 경락經絡, 이를테면 침놓을 자리를 드러내 보이고 그래서 글의 핵심을 잡"게 해 준다는 옛 은사의 말씀에 고개를 주억거린다. 읽기 반, 놀기 반이라니 이 얼마나 흥겨운 독서인가.

책을 열렬히 사랑하는 사람들은
자신들도 모르는 사이에 놀라울 정도로
특이한 비밀결사를 구성한다.

───────

파스칼 키냐르

052

낯선 동네를 지나가다 책방을 보면 맘이 어찌나 좋은지. 내 새끼 보듯 예쁘고 애틋하다. 책방이 귀해서 더 그렇다. 인터넷 서점에서 주문한 다음 날, 심지어 당일에도 내 손에 턱 하니 책을 쥐여주는 문명의 이기를 즐기면서 나 역시 동네 책방 멸종의 공범이란 죄책이 고인다.

면죄부라도 얻으려는 심사일까, 주로 온라인 서점을 이용하면서도 여전히 책방에 들르는 품을 자처한다. 살 책이 없어도 공연히 해찰만 하다 오기도 한다. 책에 감싸이고 싶을 때, 책 속에 거하려고 온 사람들 속에 머물고 싶을 때가 있다. 인간이 빚은 공간

중에 책방만큼 방문객이 그곳 풍경의 일부로 스며드는 것도 없다.

　대형 서점에 들어찬 이들은 호젓한 책숲 산책을 망치는 방해꾼이지만 작은 책방에서 책장 사이에 난 오솔길을 거니는 이들은 사랑스러운 동반자다. 지금 이곳에서 나와 같은 서향書香을 맡고 있다는 이유만으로 그 사람이 특별해 보이고 동지적 연대감이 솟구친다. 특히 책이 빼곡하게 꽂혀 게걸음을 치며 옆으로 지나가야 하는 헌책방, 퀴퀴한 냄새가 풍기는 책 더미 사이에서 마주치는 사람은 왜 그리 사랑스러운지. 팔꿈치라도 스치면 황홀할 정도다.

　밀란 쿤데라의 『참을 수 없는 존재의 가벼움』에 나오는 테레자에게 책이란 동지애를 확인하는 암호다. 그 암호를 공유하는 이들을 파스칼 키냐르는 비밀결사라고 부른다.

　책을 열렬히 사랑하는 사람들은 자신들도 모르는 사이에 놀라울 정도로 특이한 비밀결사를 구성한다. 모든 것에 대한 호기심과 연령의 구분 없이 섞이지 않음이, 결코 서로 만나는 일 없이도 그들을 한데 모아 놓는다.

　찰나에 지나지 않은 허구적인 공동체 의식이라 해도 좋다. 책방에서 마주친 벗들을 동지로 여기는 습관을 버리지는 않으리라.

저는 속표지에 남긴 글이나 책장 귀퉁이에 적은 글을 참 좋아해요. 누군가 넘겼던 책장을 넘길 때의 그 동지애가 좋고, 오래전에 세상을 떠난 누군가의 글은 언제나 제 마음을 사로잡는답니다.

———
헬렌 한프

053

책은 종종 거기 담긴 정신과 관계없이 물질 그 자체로 존재하기도 한다. 내겐 세월이라 불러도 좋을 시간을 함께 통과한 헌책이 그렇다. 헌책 하면 사춘기 시절 동네 헌책방에서 발견한 바이런 시집이 떠오른다. 서기가 아닌 단기로 적힌 출간연도가 얼마나 오래 묵은 책인지 말해 줬다. 싯누렇게 바래다 못해 종이가 바스러질 정도였고 제본도 떨어지기 직전이었지만 해진 책갈피 새에 하얗게 빛나던 다섯 잎 클로버를 보자마자 서둘러 값을 치르고 도망치듯 껴안고 나왔다.

손때 묻은 헌책을 처음 펼 때 습관처럼 행하는 일종의 의식이 있다. 중고로 팔 때 값을 더 받을 요량으로 새 책처럼 말끔하게 간수한 이름만 헌책 말고 세월의 풍화작용을 거친 진짜 헌책 말이다. 책을 쥔 손아귀에 힘을 빼면서 책이 제 풀에 펴지도록 하면 어김없이 이전 임자가 즐겨 읽던 대목이 나온다. 내가 헌책방을 찾는 즐거움 중 하나다.

헌책이 주는 다른 묘미는 낙서다. 책을 선물한 사람이 정성스레 써넣은 글귀나 책 주인이 여백에 깨알같이 쓴 적바림을 보면 괜히 가슴이 설렌다. 요샌 낙서가 있으면 중고로 팔지도 못한다며 외면하는데 나는 부러 전 소장자의 흔적이 있는 책을 선호한다.

소설가 이청준 선생은 여섯 살 때 세 살 어린 동생을 홍역으로 잃고, 결핵을 앓던 맏형과 아버지도 떠나보낸다. 남들보다 늦게 학교에 들어간 선생은 다락방에 올라가 형이 남긴 소설책을 파고들었다. 형이 책의 여백에 적어 둔 메모나 독후감을 읽으며 죽은 형과 말 없는 대화를 나눌 수 있었기 때문이다. 그 경험이 훗날 소설가가 된 데에 힘을 보탠 것 같다던 선생도 이제는 고인이 되었다.

새로 장만한 헌책을 나보다 앞서 손에 쥔 그 사람 얼굴은 모르지만 나와 같은 책을 찾아 읽었다는 것만으로도 친밀감이 든다. 더구나 한때 절절함으로 남긴 글귀를 단서로 그가 어떤 사람인지 추리하는 재미는 묘한 중독성이 있다.

책을 읽고, 소화하는 동시에 책에 의해
소화될 수 있어야 한다. 그래서 프라이는
"책은 그 안에서 살 수 있는 것이어야
한다"고 말했다.

알베르토 망구엘

054

소싯적에 받든 가르침. 하나님의 말씀을 읽지 말고 그 말씀이
너를 읽게 하라. 나중에 생각해 보니 경전만 아니라 무슨 책이든
그리 읽는 게 옳다. 내가 책을 읽는 동안 책이 나를 읽고, 내가 책
을 소화하는 동안 책이 나를 소화하고, 내가 책에 밑줄을 긋는 사
이 책이 내게 밑줄을 긋는 독서. "성경이 아니라 생활에 밑줄을 그
어야 한다"고 노래한 이는 기형도였던가.

쓰기도 마찬가지다. 내가 텍스트라는 직물을 짜는 동안 텍스트
가 이내 삶을 짠다. 그렇게 저자와 상호작용을 경험한 텍스트는
독자와의 관계에서도 읽히기만 하는 수동적인 대상에 머물지 않

는다. 독자가 책을 나름의 방식으로 이해하고 재구성하는 동안 책도 독자를 해체하고 새로 반죽하고 빚어 간다. 책이 일종의 유기체처럼 꿈틀대며 살아 있다고 느낄 때가 바로 그런 순간이다.

나는 독서하는 방법을 배우기 위해서
80년이라는 세월을 바쳤는데도 아직까지
그것을 잘 배웠다고 말할 수 없다.

———
괴테

055

몰라서 한다. 알면 못 한다. 자식 넷 낳아 키운 울 엄마, 시장 귀퉁이 노점에서 속옷 팔던 울 엄마가 막내인 날 앉혀 놓고 하던 말. "몰랐으니까 이러고 사는 기다." 옳다. 사는 게 이리 힘든 줄 알면 나 역시 예까지 왔겠는가. 그 막내가 벌써 네 아이의 아비가 됐으니 말이다.

몰라서 사랑하고 몰라서 애를 낳는다. 몰라서 책을 읽고 몰라서 글을 쓴다. 사랑이 이다지도 수고로운 줄 알았다면, 부모 됨이 날마다 인격과 체력의 바닥을 치는 일인 줄 알았다면 애초에 시작도 안 했을 거다. 책읽기가 이토록 수고로운 줄 알았다면, 글쓰기가 이토록 피를 말리는 줄 알았다면 애초에 엄두도 내지 않았으리라.

미리 알아 버리면 못 사는 게 삶이다. 누가 무지를 죄의 원천이라 했나. 무지야말로 복의 근원이다. 사랑을 모르니 사랑을 하고 독서를 모르니 독서를 한다.

내 나이 올해 마흔일곱. 일곱 살에 한글을 떼고 이날까지 마흔 해를 읽었으니 겨우 괴테의 반을 따라잡았다. 언제 난든집●이 날까 싶지만, 조바심 내지 않고 뭉근히 읽다 보면 조금은 책읽기를 아는 날도 오리라.

●손에 익어서 생긴 재주.

한순간의 권력이 미래 시대의 기억마저도
지울 수 있다고 믿는 자들의 어리석음에
대해 실컷 비웃어도 좋다. 권력자는 스스로
수치에 도달하고, 처벌당한 자의 명성은
커질 뿐이다.

———

타키투스

056

18대 대선에서 독재자의 딸이 대통령 후보로 나서면서 인혁당 사건이 다시금 불거졌다. 국가가 정치 조작으로 죄 없는 국민을 간첩으로 몰아 살해했다. 그 무고한 여덟 목숨 가운데 하나인 우홍선은 평소와 다름없이 아내와 아이들에게 인사하고 회사에 출근했다가 느닷없이 중앙정보부 요원들에게 체포됐다. 남편을 직장에 보내고 집에서 라디오를 듣던 아내 강순희에게도 사내들이 들이닥쳤다. 집 안을 쑥대밭으로 만들면서 구석구석을 뒤지던 그들은 "이 집은 뭐 책도 없네. 어지간한 집에 가면 책만 좀 이상하면 가져가서 증거다 하는데 책도 없네"라고 중얼거렸다. 책 대신 그들은 새로 산 라디오를 뺏어 갔다. 아내가 즐겨 듣던 그 라디오는 남편이 북한 방송을 청취하던 증거로 법정에 제출되었고, 남편의 사형 판결에 결정적인 역할을 했다.

1975년 4월 8일 대법원에서 사형 확정 선고가 내려지자 강씨는 들고 있던 양산이 박살날 정도로 바닥을 치며 한참을 오열했다. 강씨는 "하늘이 무너지는 것 같았다"고 당시 심정을 전했다. 그래도 설마 죄 없는 사람을 죽이기야 할까 하는 한 줄기 희망을 갖고 다음 날 재심 청구를 하기 위해 변호사 사무실을 찾아갔다. 그러나 가는 길에 들른 아버지 회사에서 만난 제부가 "갈 필요 없다"고 말렸다. 새벽에 남편의 사형이 집행됐다는 소식이 라디오에서 나왔다는 것이다.

그 모진 놈들에게 / 기어이 당신을 뺏기고야 말았네 / 원통하도다 원통하도다 / (…) / 사람 살리시오 / 사람 죽이는 것 / 구경만 하지 말고 / 사람 살리시오 / 밤이 깊도록 / 목이 터져라 하고 / 소리 질렀네

강씨가 그해 5월 일기장에 쓴 시는 이렇게 끝난다. 책으로 누명을 쓰고 죽어 간 이들의 희생이 있었기에 자본이니 민중이니 하는 말이 표지에 박혀도 대수롭지 않게 펴 보는 세상이 왔다. 내가 박정희와 그 딸을 용서하지 못함은 사람을 살리고자 낸 책을 사람을 죽이는 흉기로 오용했기 때문이다. 이 세상에 글과 책을 선물해 준 신도 아마 용서하지 아니하리라.

현대의 읽기(…)는 컴퓨터나 관광객의
활동이다. 보행자나 순례자의 일이 아니다.

―――――――

이반 일리치

*0*57

읽기는 본디 낭독이었다. 동양에서 눈으로 읽는 것은 간서看書 라고 해서 독서와 구분했다. 인성구기因聲求氣, 곧 소리로 기운을 구한다 하여 글을 읽고 또 읽고, 되풀이해 읽으면 글에 담긴 옛 사 람의 정신이 내 속으로 걸어 들어온다고 믿었다. 서구에서도 읽기 는 응당 소리 내어 읽기였다. 알렉산더 대왕은 모친의 편지를 속 으로 읽어 부하들이 당황했고, 카이사르가 연애편지를 말없이 읽 은 일화가 따로 기록으로 남아 있을 정도다.

  이반 일리치의 『텍스트의 포도밭』은 12세기 후고의 『디다스칼 리콘』을 해석하면서 중세 수도원의 읽기가 어떠한지 보여 준다.

당대의 읽기는 정신적인 활동이라기보다 육체적인 활동에 가까웠다. 입으로 소리 내어 읽고 되읽으면서 텍스트를 몸에 새겨 삶으로 번져 나올 정도가 되도록 하는 것이었다. 정희진의 '온몸으로 읽기'를 떠올리게 하는 이런 독서를 일리치는 '수사식 읽기'라고 불렀다.

인쇄술이 보급되어 독서는 극적인 변화를 맞는다. 온몸을 동원하는 수도사의 책읽기는 눈으로 보는 학자의 읽기가 되고, 큰 소리로 낭독하던 공동체적 읽기는 조용히 묵독하는 개인적 읽기로 바뀌었다. 그렇게 텍스트의 포도밭으로 떠나던 순례 같은 독서는 점점 역사의 뒤안길로 사라졌다. 후고 세대 이후의 학생들은 수도사가 평생 정독하는 것보다 많은 책을 단 몇 해 만에 읽어 치웠다.

묵독이 자리를 잡으면서 작가도 묵독을 전제로 글을 쓰게 됐고, 글의 내용도 '내면화'되었다. 주위 사람들이 알아도 무방한 내용보다는 혼자서 읽고 간직해 두기 좋은 내용으로 책이 바뀌어 갔다. 표현도 과감해졌다. 에로틱한 묘사가 대표적이다. 책을 소리 내어 읽던 시대에는 아무래도 우회적일 수밖에 없던 묘사도 훨씬 더 내밀해지고 풍부해졌다. 요즘 낭독의 재발견이 유행이지만 일본 소설가 히라노 게이치로는 음독에 반대한다. "누구에게 들려주어도 부끄럽지 않을 만한 지극히 건전한 내용의 책이 아니면 도저히 소리 내어 읽을 수가 없기 때문"이다.

종교 집회의 경전 낭독이 오늘날 남은 거의 유일한 수사적 읽기의 흔적이다. 나는 운 좋게도 소리 내어 읽을 기회가 남들보단 많은 편이다. 종교 전례에서, 작문 교실에서, 또 애들에게 책을 읽어 주면서 텍스트가 내 몸을 울림통으로 사용하는 경험을 하지만 동시에 오늘날 텍스트가 얼마나 읽기에 불편한지 경험한다. 이제 수도사적 읽기로 돌아갈 수도 없고 그럴 필요도 없다. 하지만 가끔은 목소리를 내서 대기 중에 흩뿌리거나 바람 위에 얹어 놓고 싶은 문장을 만나는데 그런 문장조차 낭독에 고분고분하지가 않다는 사실이 나를 슬프게 한다.

낭송이란 존재가 또 하나의
텍스트로 탄생되는 과정, 몸이 곧
책이 되는 과정이라고 할 수 있다.

──────
고미숙

058

중국 송나라 학자인 문절공文節公 예사는 열 가지 맑은 소리로 솔
바람 소리, 시냇물 소리, 산새 소리, 풀벌레 소리, 학鶴 울음소리,
거문고 소리, 바둑돌 놓는 소리, 섬돌에 비 떨어지는 소리, 창에
눈이 흩날리는 소리, 차茶 달이는 소리를 꼽는다. 이들보다 더 나
은 소리가 낭랑하게 책 읽는 소리라고 하면서 "다른 사람이 책 읽
는 소리를 들으면 그렇게까지 기쁘지는 않지만, 자식의 책 읽는
소리만큼은 이루 다 표현할 수 없을 정도로 기쁘다"고 실토한다.
여느 부모다운 고백이다.

모든 고전은 낭송을 염원한다는 말이 있다. 실제로 낭송에 최적

화한 텍스트로 동양 고전을 꼽는다. 혼자 또는 함께 소리 내어 읽고 읽고 또 읽어 본 사람은 안다. 그 소리가 조각도가 되어 내 몸에 텍스트를 한 줄 한 줄 새겨 넣는다. 그러다 암송 단계에 이르는데 그땐 책이 없어도 소리가 절로 나온다. 몸이 책이 된 것이다. 이를 두고 고미숙은 낭송을 "존재가 또 하나의 텍스트로 탄생되는 과정"이라 말한다.

종교가 핍박을 받고 경전이 발각되면 처형당하던 시대에 신자들은 제 몸을 책으로 삼았다. 기독교도들은 성경 66권을 나눠서 달달 외웠다. 복음서(마태, 마가, 누가, 요한) 낱권을 '쪽복음'이라고 하는데 마태복음만 암송하는 신자, 마가복음만 암송하는 신자가 따로 있었다. 성경이 없어도 한자리에 모이면 예배하는 데 어려움이 없던 비결이다. 비밀집회 시간에 "오늘 우리에게 주시는 하나님 말씀은 요한복음입니다" 하면 '요한 집사'가 나와서 1장부터 21장까지를 줄줄 암송하고 다른 신자들은 말씀의 목마름을 달랬다. 신자들이 한자리에 모이면 그것은 교회이면서 한 권의 온전한 성서였고, 신자들이 흩어지면 그들 각자는 '쪽복음'이었다.

아무리 낭독이 좋다 한들 모든 책을 낭독할 수도 없고 그럴 필요도 없다. 습득해야 할 정보의 양이 늘어나서 음독만 고집하기엔 한계가 있고, 애초에 묵독을 염두에 두고 쓰인 텍스트를 매번 낭독하는 것도 무리가 있다. 음독의 시대를 떠나보내고 나서 우리는 시나브로 넘비곰비 묵독에 최적화된 몸으로 진화되었다. 그러나 묵독의 시대에도 소리 내어 읽지 않으면 견딜 수 없는 텍스트를 만난다. 아니 자기가 먼저 육성으로 옮겨 달라고 아우성치는 문장을 만난다. 그 요청에 응답하면 안다. 세상에는 구강을 통과해야 자신을 또렷하게 드러내는 문장이 있음을.

이 책을 읽는 벗들에게 고전이든 종교 경전이든 내 몸이 책이 되는 경험이 살아생전 한 번쯤은 있기를 바란다.

다른 사람들은 결국 우리 몸 자체가
사유하고, 몸이 우리에게 의미가 있는 것을
지향하고, 그것을 표현할 수 있는 의도이어야
함을 몰랐다. 몸이야말로 보여 주고,
몸이야말로 말한다.

메를로퐁티

059

메를로퐁티의 현상학적 언어행위 이론에 큰 영향을 준 베르너에 의하면 언어를 듣고 읽고 쓰고 이해한다는 것은 "지성적으로 인식"하는 것이 아니라 "몸속에서 체험"되는 일이다. 독일어 구사자는 '딱딱한'hart이라는 단어를 들으면, 즉각 몸과 등 부분이 경직됨을 느낀다. '붉은'rot이라는 단어를 들은 피실험자는 몸이 'o' 글자처럼 둥글게 부풀고, 입 모양이 둥글게 바뀌는 등 단어가 몸을 통과하는 체험을 했다고 고백한다. 이런 언어체험은 한국어나 다른 언어에도 일반이다. 그렇다. 읽기는 눈과 입술의 작동에 그치지 않고 온몸을 동원하는 협업이다. 읽기를 뇌의 신경 과정으로 보는 대신 몸이라는 신체적 실존의 언어행위로 보면 정신과 육체의 이원론을 넘어설 수 있다.

메를로퐁티의 말대로 언어와 몸이 공명하고 진동하려면, 나아가 언어가 실존과 상황 속에 육화된 의미를 가지려면 '역시' 소리 내어 읽어야 한다. 소리 내어 읽을 때 책은 체험으로 남는다. 내용은 기억이 나지 않아도 소름 돋는 공포, 가슴 벅찬 희열, 하염없는 눈물 등 몸으로 읽은 기억은 잊히지 않는다. 소리 내어 텍스트를 읽을 때 우리의 신체는 그 자체로 사유하고 실천하는 몸 주체가 된다.

누군가 어떤 글이 낭독하기 좋으냐고 물으면 나는 울리는 문장, 곧 존재에 울림을 주는 문장이라고 답한다. 존재에 울림을 주는 문장은 응당 성대의 울림으로 화답해야 옳다. 그렇게 울림과 울림이 만나 공명을 이루면 그 문장은 결코 잊히지 않는다.

특히 촉감, 향기 등 감각을 소환하는 어휘는 눈으로만 보면 물을 주지 않아 축 처진 식물 같은 느낌이다. 그러다 낭독하기 시작하면 감각적인 표현이 즉시 살아나서 생생해짐을 느낀다. 책 읽는 소리는 지면紙面 위의 시든 활자를 소생시키는 단비다.

나는 셀 수 없이 많은 서점에 다녔고,
서점에 들어설 때마다 첫사랑 같은 열병에
다시 빠졌다.

———
앤 후드

건망증이 심해서 잘 잊고 잘 잃는다. 잦은 분실에 익숙해질 법
도 한데 정든 물건이 안 보이면 여전히 공황에 빠진다. 사용자와
에로틱한 관계를 맺은 사물은 존재의 연장이기 때문일까? 내 일
부를 상실하는 느낌이다. 그런데 유독 물건을 놓고 와도 맘이 놓
이고 되레 기분 좋은 곳이 있다. 책방이다.

책방의 오솔길을 거닐다 보면 책을 꺼내 보려고 수첩이나 손전
화 따위를 곁에 내려놓는다. 그러다 꽂히는 책을 만나면 내 머릿
속은 어서 집에 달려가 이 책을 한껏 탐닉하려는 흥분에 벅차, 소
지품 따위는 까맣게 잊는다. 집에 와서, 그것도 한참을 지나서야

알아차리기 일쑤다. 다음날 외출하려고 가방을 챙기다가 '아…' 하고 낮은 신음을 내기도 한다. 당혹도 잠시, 다시 책방에 들를 생각에 씨익 음흉한 미소를 짓는다. 합당한 명분이 생겼는데 참새가 방앗간을 마다하겠는가. 그렇게까지 해서 서점에 가야 할 이유가 뭐냐고 묻는다면 우리 시대의 예언자 웬델 베리의 말을 들려주고 싶다.

특정한 책을 사기 위해 가는 곳, 때로는 목적 없이 그저 어떤 책이 들어왔나 보러 가거나 그곳에서 일하는 사람들을 만나기 위해 가는 곳이다. 조용함, 친절함, 특유의 냄새, 유형성. 그곳은 책의 삶이 완벽하게 구현된 곳이다. 생각지 못했거나 살 수 있을 거라 기대하지 않았던 책을 발견하는 것, 책을 사기로 결정하는 것, 보물처럼 사서 집으로 가져오는 것, 친절한 대화로 전 거래 과정을 이행하는 것. 이것이 바로 모든 면에서의 즐거움이다.
— 로널드 라이스,『나의 아름다운 책방』

"또 잃어버렸어? 서점에선 제발 소지품을 가방에 넣으라고!" 주위의 핀잔이 무색하게도 나는 꿋꿋이 손때 묻은 것들을 아무 데나 내려놓고 책을 집어 든다. 서점에 전화를 걸어 "저 혹시, 거기 누가 두고 간…"이라고 민망한 문의를 하는 것이 고의는 아니지만 그렇다고 실수라고만 할 수 없는 까닭이 여기 있다.

가장 강력한 지배는 사람들에게 여행과
독서를 금지하거나 접근하기 어렵게
하는 것이다. 인간은 누구나 독서 이전의
상태로는 돌아갈 수 없기 때문이다.

———
정희진

061

"책은 위험한 생각을 유발한다." Books causes dangerous thoughts. 샌프란
시스코의 유명한 독립책방인 시티라이트 서점에 들렀다 만난 구
절. 책이 위험하다는 것은 저 옛날 분서갱유나 21세기에도 엄연히
존재하는 금서 목록이 잘 보여 준다. 소설가 김영하는 『읽다』에서
말한다.

책은 우리가 생각하는 것보다 훨씬 무서운 사물일지도 모릅니다.
그것은 인간을 감염시키고, 행동을 변화시키며, 이성을 파괴할
수 있습니다. 책은 서점에서 값싸게 팔리고, 도서관에서 공짜로

빌릴 수 있기 때문에 대수롭지 않은 물건처럼 보입니다. 하지만 사람들은 어떤 책에는 주술적인 힘이 서려 있다고 믿습니다. 그래서 책은 곳곳에서 금지당하고, 불태워지고, 비난당했습니다.

내가 대학에 다닐 적만 해도 학교 후문엔 가방을 열어 보며 책 검사를 하는 전경들이 있었다. 이른바 불온서적이 적발될까 겁이 났지만 그에 앞서 밀교적 사회과학 서적을 탐독하다가 나라는 존재가 달라질까 두려웠다. 교련복을 입고 얌전히 교회를 다니던 고등학교 시절, 친구가 빌려준 이문열의 『사람의 아들』을 읽다가 내 영혼이 지옥에 처박히지는 않을지 벌벌 떨던 것처럼 말이다.

책은 그때나 이제나 변함없이 나를 낯선 곳으로 데려간다. 낯선 길에는 언제나 흥분과 더불어 불안과 불편이 반려한다. 하지만 두려움에 붙들려 독서의 여정을 마다한다면 책의 기저에 흐르는 생명의 수액이 얼마나 시퍼런지 알 수 없을 것이다. T. S. 엘리엇은 "너무 멀리 가기를 마다하지 않는 자만이 얼마나 멀리 갈 수 있는지 알 수 있다"고 말한다. 하이데거가 즐겨 인용했다는 횔덜린의 「파트모스 찬가」는 "위험이 있는 곳에 구원도 자라는 법"이라고 노래한다. 책이 제시하는 지도를 따라 낯선 땅을 거니는 독자들에게 책의 수호신이 길벗 하기를 빈다.

책은 세계의 탈영토화를 확실하게
해 주지만 세계는 책을 재영토화하며, (그게
가능하다면, 그리고 그럴 능력이 있다면)
다시 책은 스스로 세계 안에서 탈영토화된다.

질 들뢰즈·펠릭스 가타리

∅62

    모든 생명은 제 영토를 가진다. 독서는 영토를 취급하는 방식에서 두 갈래로 나뉜다. 어떤 이는 영토를 다지거나 넓히기 위해 책을 읽고, 어떤 이는 자기 영토를 탈영토화하기 위해 읽는다. 앞엣것에 속한 책읽기도 필요하지만 그런 독서에만 매몰된 이는 불행하다. 가장 불행한 독자는 아무리 책장을 많이 넘겨도 책이 자신의 경계를 허물어뜨리도록 하지 않는 독자다.

    뒤엣것에 속한 독서가는 이미 우리 일부가 된 것을 의심의 삽으로 후벼 파고, 그렇게 자신과 그가 속한 사회를 불편하게 만든다. 그들은 정희진의 권고대로 비주류의 시각으로 쓴 책을 읽고 주류

사회의 틀과 궤도 밖에 서는 연습을 한다. 독서가 "저항과 불복종의 시작"이 되는 지점이다.

탈영토화를 꾀하는 독서가는 현 체제가 당연시하는 '코드화된' 가치를 부수고, 갈수록 견고해지는 정주민의 생활방식을 깨뜨리는 성상파괴주의자다. 그렇게 책 읽는 이는 하나의 '전쟁기계'가 된다. 이는 파괴의 전쟁이 아니라 창조의 전쟁이다. 니체가 말한 것처럼 좋은 전쟁에서는 화약 냄새가 나지 않는다.

빈민, 노숙자, 재소자 등과 함께 인문학 과정을 꾸려 온 얼 쇼리스는 가난한 이들이 인문학적 사유로 시민의 자유와 책임, 권리의 의미를 깨닫게 될 때 기존 체계를 위협하는 '위험한 존재'가 된다고 했다. 『희망의 인문학』에서 가장 빛나는 문장인 "진정한 자유는 스스로가 위험한 존재가 됨으로써 획득된다"는 그렇게 나왔다. 위험이란 자신의 자유를 쟁취하기 위해 지불해야 할 비용인 셈이다.

독서가들은 책보다 안전한 쾌락이 없고, 서재보다 안전한 장소가 없다고 노래한다. 재밌게도 독서라는 그 안전한 쾌락이, 서재라는 그 안전한 장소가 지배체제를 위협하고 전복한다. 세상에서 가장 안전하고도 가장 위험한 쾌락이라니. 역설적이지 않은가. 안전의 태반이 위험을 잉태한다는 사실이. 알고 보면 이는 역설이 아니라 순리다. 가장 안전한 사랑 속에 충분히 머물렀던 이가 가장 큰 위험을 감내하는 용기를 감행한다. 실제로 목숨을 내주는 사랑을 받았던 이는 제 목숨을 내주는 선순환을 만든다.

책을 읽어 준다는 구실로 사람들 집을
찾아다니며 당신이 하는 일이 도대체 무어냐
바로 그겁니다.

레몽 장, 『책 읽어주는 여자』 중에서

063

　『책 읽어주는 여자』의 주인공 마리 - 콩스탕스는 좋은 목소리를
가졌다. 일자리가 필요했던 그는 신문에 광고를 낸다. '당신의 댁
에서 책을 읽어 드립니다.' 몸이 아픈 남자아이, 집 안에만 있어야
하는 여자아이, 완고한 장군 부인, 고독한 사업가 등이 고객이 된
다. 마리 - 콩스탕스가 모파상을 읽어 준 남자아이는 자식을 과보
호하는 어머니의 바람과 달리 이성異性과 육체에 눈을 뜨고, 『이상
한 나라의 앨리스』를 읽어 준 여자아이는 다른 세상으로 떠나고
싶어 이상한 행동을 한다. 장군 부인의 요청으로 마르크스와 레닌
을 읽어 주자 부인은 노동절 집회에 나서기까지 한다. 형사는 마

리 - 콩스탕스를 선동가요 테러 분자로 몰아가는데 이는 전혀 사실이 아니지만 동시에 커다란 진실을 담보한다. 형사는 자신도 모르는 새에 소리 내어 읽기가 지닌 힘을 증언한 셈이다. 마리 - 콩스탕스는 스스로도 놀란 낭독의 영향력을 이렇게 고백한다.

내가 발음하는 별것 아닌 한마디까지도 마치 어떤 지진계의 바늘에 의해서인 것처럼 에릭의 마음속에 기록된다고 할 수도 있을 지경이다.

에릭의 주의 깊은 열기가 점증하는 효과를 보이는 것 같다. 우리는 시를 끝까지 읽어 나간다. 내가 '우리'라고 하는 까닭은, 비록 나 혼자서 읽기는 하지만 그와 나 사이에 뭔가를 강하게 함께 나누고 있다는 느낌이 들기 때문이다.

쿠바에 가서 들은 얘기다. 과거 쿠바의 시가cigar 공장 같은 데서는 글을 읽어 주는 독사讀師를 두었다고 한다. 문맹 노동자를 위해 신문 기사나 정치 평론, 때론 문학 작품을 읽어 주었는데 당국이 노동자의 각성을 우려해 금지했다고 한다.

책 읽는 사람은 위험하지만 책 읽어 주는 사람은 더 위험하다. 내가 스무 해 가까이 우리 집 애들에게 책을 읽어 주는 까닭이 여기 있다. 잠자리라는 가장 아늑한 곳에서 나는 가장 위험한 일을 도모하고 있다.

저항은 자기 진보의 고유한 조건이다.

미셸 드 세르토

064

변방을 떠도는 삶에 애착을 가진 프랑스 사상가 미셸 드 세르토. 그는 대화, 산책, 쇼핑, 요리 등 사적인 일상의 소절이 어떻게 저항으로 재창조될 수 있는지 주목한다. 푸코와 부르디외가 일상에 권력이 어떻게 스며들고 작용하는지를 보여 줬다면 세르토는 언뜻 저항으로 비치지 않는 일상이 어떻게 지배권력에 순응하지 않는 저항의 기제가 되는지를 보여 준다. 세르토에 의하면 독서도 그러한 미시저항의 한 가닥이 된다. 책읽기가 당장 판옵티콘panop-ticon을 허무는 급진성을 띠진 않지만 판옵티콘이 규정한 지배적인 삶의 방식에 미세한 균열을 일으킨다.

전통적으로 저자는 지식을 생산하는 우월한 역할을 맡고, 독자는 저자가 일군 밭에서 겸손하게 추수하는 역할을 맡는다고 간주됐다. 하지만 독자는 그렇게 만만한 존재가 아니다. 독자는 유모(저자)가 물리는 젖을 곧이곧대로 빨아먹는 대신 자신이 경작(집필)하지 않은 들판을 가로지르는 밀렵가다. 이렇게 "텍스트를 셋집처럼 거주 가능한 곳"으로 삼는 책읽기는 유목민처럼 "텍스트를 횡단하고 편력하면서 의미를 자유롭게 창조"한다. 어떤 재료든 창의적으로 작품에 활용할 수 있는 브리콜라주_{bricolage}처럼 말이다.

"저항은 자기 진보의 고유한 조건"이라고 세르토는 말했다. 신영복을 빌리면, 책읽기는 "주류 지배담론에 저항하는 음모의 작은 숲들을 만드는 일"이다. 매일 책을 읽는 것은 매일 식목일을 사는 것이다. 숲을 일구자.

중산층이 몰락한 'M자형 사회'에서
사회적 격차를 줄이는 가장 중요하고도
쉬운 방법이 바로 독서다.

———
양즈량

065

『잊지 못할 책읽기 수업』의 저자 양즈량은 타이완 한 시골 중학교의 국어 선생님으로 부임한다. 그 뒤 독창적인 독서교육을 시작하여 낮은 소득 수준과 학부모의 무관심 등 난제를 극복하고 아이들과 학교, 가정까지 변화시킨다. 다큐멘터리로도 만들어진 그의 이야기는 타이완에 신선한 충격을 주었다.

독서는 부모의 빈부가 자녀에게 고스란히 세습되는 빌어먹을 세상에서 유리천장을 깨뜨리는 거의 유일한 도끼다. 책은 목적의식 없이 읽어야 한다는 신념엔 변함이 없지만 나는 한국에서도 책이 흙수저와 금수저를 가르는 옹벽을 허물어 주길 기대한다. 나아가 유리천장 위에 있는 자들을 아랑곳하지 않고 제멋에 살아가는 이들을 길러 주길 기대한다.

피에르 부르디외는 『구별짓기』에서 '상징폭력'이란 개념으로 중하층이 상류층의 욕망을 욕망하는 한 상류층의 지배에서 벗어날 수 없음을 보여 준다. 강준만 교수도 대한민국을 바꿔 보려는 열정보다 상류층에 편입하려는 열망이 더 큰 이상 전 인구의 한 자릿수밖에 안 되는 상류층의 이해관계가 다수결의 원리로 관철되는 불의가 지속된다고 했다. 상류층은 이 불의를 지속시키기 위해 자신이 점한 자리가 실제론 아무것도 아니지만 여전한 욕망의 대상으로 유지시킨다. 트리나 폴러스의 『꽃들에게 희망을』은 이를 생생하게 보여 준다.

이것이 '올라가는' 유일한 길이라고 여전히 믿고 있을 때, 그(줄무늬 애벌레)는 꼭대기에서 이렇게 속삭이는 소리를 들었습니다. "야, 이 꼭대기에는 아무것도 없구나!" 다른 애벌레가 대꾸했습니다. "이 바보야, 조용히 해! 저 밑에서 듣잖아. '저들이' 올라오고 싶어 하는 곳에 우리는 와 있는 거야. 여기가 바로 거기야."

좀 엉뚱하지만 나는 이 대목에서 태극권을 생각한다. 태극권의 기본 철학은 상대의 힘에 저항하지 않으면 그 힘이 느껴지지 않는다는 데 있다. '더 높이 올라 더 많이 벌고 더 많이 쓰는' 주류의 욕망을 무시해 버리면 상징폭력이든 게임의 법칙이든 더 이상 내게 작용하지 않는다. 지배질서에 저항하는 것은 훌륭하지만 그것으론 충분치 않다. 상류층의 욕망을 비웃으며 "그런 건 개나 줘 버려. 난 생긴 대로 살 거라구" 하며 너털웃음을 짓는 못난이들이야말로 체제에 대한 가장 강력한 위협이 된다. 내가 책을 사랑함은 그런 못난이의 대열에 합류할 용기를 주기 때문이다.

미국의 선주민도 문자를 갖지 않았습니다.
문자에 의존하지 않는 것은 참으로 세련된
감각입니다.

———————

가와이 하야오

066

나는 활자중독이다. 글밥 먹고 사는 데에야 보탬이 되지만 모든 치우침이 그렇듯 활자에 의존하면서 내 안에 채 피지 못하고 시드는 존재는 없는지 의심한다. '하이퍼 시각주의' 문화가 다른 감각의 퇴화를 촉진하듯 문자가 지배하는 세상은 비문자적 잠재력을 사장한다. 가와이 하야오는 『읽기의 힘, 듣기의 힘』에서 문자가 편리하지만 마음의 움직임을 한정짓는다고 말한다. "산이라는 문자가 생기면 마치 산을 다 알았다는 듯이 생각합니다. 이 산이나 저 산이나 모두 같은 산이라는 개념을 낳습니다."

시각이나 청각을 잃은 분들은 다른 감각이 깨어난다고 한다. 보르헤스도 말년에 시력을 잃고는 이렇게 말했다. "눈이 먼 사람들은 일종의 보상을 받는답니다. 일반인들과는 다른 시간 감각이 그거예요. 눈먼 사람에게 시간은 더 이상 매 순간 뭔가를 채워 넣어야 하는 것이 아니에요. 그냥 시간에 기대어 살아야 하죠." 마찬가지로 문자 해독 능력이 없는 분들은 먹물들이 갖지 못한 것을 지니고 있다.

우리 장모님이 글을 못 읽는다는 말을 뒤늦게 듣고서 깜짝 놀란 적이 있다. 요즘에도 문맹이 있어서가 아니라 그렇게 지혜로운 분이 문맹이란 사실에 놀랐다. 장모님은 배웠다는 나 같은 치보다 삶을 훨씬 잘 읽고 반응하는 숙련된 독자다. 사람책은 또 얼마나 능숙하게 읽어 내시는지. 글을 읽을 수 없어야 더 뛰어난 독자가 되나 싶었다. 글자를 못 읽는 문맹이 줄자 삶을 못 읽는 생맹生盲이 느는 역설은 책깨나 읽었다는 내 교만을 처참하게 허문다.

나는 북미 선주민과 켈트족에게서 영성을 사사했는데 흥미롭게도 그들은 문자를 갖지 않았다. 북미 선주민들은 문자에 의존하지 않은 덕에 어머니 대지와 더 깊이 교감하는 세련된 감각을 지닐 수 있었다. 어떤 학자는 고대 켈트족이 의도적으로 문자를 갖지 않았다고 주장하는데 삶을 문자에 넘겨주지 않은 덕인지 그들의 일상은 만물과 속속들이 어우러졌다.

이미 문자 위에 구축해 온 삶을 허물 수는 없는 노릇이지만 가끔은 활자를 매개하지 않고 만물을 읽도록 몸에게 독서를 내어 줄 필요가 있다. 그러니 아이가 글을 서둘러 떼지 않게 할 일이다. 문자에 포섭되기 전의 시간을 한껏 누리도록 해 줄 일이다. 내가 아이 넷을 키우며 발견한 비범함은 대개 아이들이 글을 읽을 줄 모르던 시절에 나타났다.

"네가 책을 읽었다고 들었어." 그가 말했다.
"거기서 무엇을 보았지?"
"새로운 인생."
"그걸 믿어?"
"믿어."

─────────────────

오르한 파묵, 『새로운 인생』 중에서

067

어느 날 한 권의 책을 읽었다. 그리고 나의 인생은 송두리째 바뀌었다.

터키 소설가 파묵이 쓴 『새로운 인생』의 첫 소절이다. 책은 다시 살게 한다. 인생을 완전히 새롭게 해 주진 않지만 새롭지 않은 인생을 다시 살게 해 준다. 그걸로 됐다. '새로운 인생'은 파묵의 소설 제목이자 소설 주인공이 읽은 책 제목이고, 주인공이 어린 시절 즐겨 먹던 캐러멜 이름이기도 하다. 새로운 인생이 책으로 끝나든 입안의 달콤함으로 끝나든 뭔 상관인가. 잠시라도 다시 살게 해 준다면.

넌 나 같은 사람을 찾아서, 책을 주고 읽게 만들어. 그리고 인생을
망쳐 버리게 만들지.

같은 책 후반부에 나오는 문장이다. 다르게 사는 것이 인생을
망치기도 하겠지만 한 번 왔다 가는 인생, 구태의연한 보신의 삶
을 고수할 바에야 망구더라도● '모험으로 사는 인생'이 낫지 않
겠나.

● 망구다: 망하게 하다. 파괴하여 못 쓰게 하다.   151

글을 읽는다는 것은 취하는 것이고,
글을 쓴다는 것은 토하는 것이다.

─── 이옥

068

대학 합격 발표가 나고 다정히 대해 주는 선배들이 좋아서 심심 찮게 과방에 갔다. 아직 고등학생 신분이었지만 어울려 술을 마셨다. 하루는 육교집이란 델 갔는데 세상에서 가장 달달한 음식이 김치찌개를 곁들인 막걸린 줄 처음 알았다. 술술 넘길 땐 좋았는데 몸이 배겨 내질 못했다. 전철 선로에다 거하게 게워 내고 선배 집에서 신세를 졌다. 다음 날 아버지에게서 훈계를 들었다. 평소 귓등으로 듣던 아버지 말씀이 신탁처럼 들린 건 왜일까. 다시는 추한 꼴 보이지 않으리라 다짐했고, 이날까지 한 번도 토한 적이 없다.

내가 사랑하는 조선 후기 문인 이옥은 달랐다. "나는 술에 있어서 취하면 토하지 않을 수 없는 사람이니, 나의 주벽이 그러하다"며 대놓고 말했다. 천재적인 문재文才를 지녔으되 정조의 문체반정에 휘말려 "불경스럽고 괴이한 문체"라 폄하당한 그는 '취하다'는 동사를 술 외에 책이란 명사와 짝지었다. "글이 사람의 내장을 적시고 사람의 정신과 영혼을 흥겹게 하는 것이 마치 술이 사람을 취하게 하는 것과 같"다고 하면서 책에 취하면 글을 토할 수밖에 없다고 했다. "내가 「시여취」를 읽고 글을 지은 것 또한 내가 취하여 토한 것이다."

여기선 이옥과 통한다. 책에는 잘 취하고 잘 토한다. 글 한 줄에 취하고 열 줄을 토함은 보통이다. 한 문장이 마중물로 들어갔다가 몇 시간째 책장을 못 넘기고 토하기도 한다. 내 책 읽는 속도가 거북이산보를 방불하는 이유가 여기 있다. 수십 권을 읽어도 제대로 한 번 취하지 못한 이가 있고, 책장을 몇 장 넘기지 않고도 이미 대취하여 남이 수십 권 읽을 시간에 한 권을 못 끝내는 이가 있다면 나는 후자를 택하리라.

정약용이 말한 질서疾書●가 바로 이옥의 '토함'이다. 다산은 질서라 했고 이옥은 토함이라 했을 뿐 무엇이 다른가. 해 아래 새것이 없다. 들어가야 나온다. 구양수가 글 잘 쓰는 요량으로 다작보다 다독을 먼저 둔 것이나 내가 쓰기를 배우러 온 글벗들에게 읽기를 더 많이 가르치는 까닭은 여기에 있다. 무릇 먹고 마시다 원고지 위에 토하는 것이 글이다.

● 책을 읽다가 깨달은 것을 적바림하는 것.

책 읽는 시간은 언제나 훔친 시간이다.

다니엘 페나크

∅69

책 읽을 시간이 남아도는 이는 없다. 팔자가 늘어진 사람이 아니고서야 사방으로 자신을 조여 오는 시간을 겨우 막아 내면서 여가를 확보한다. 삶의 속도가 느렸을 먼 과거에는 형편이 나았을 것 같지만 시간 부족은 고금이 일반이다. 홍길주의 형인 홍석주의 글만 봐도 그렇다. "한 권의 책을 다 읽을 만큼 길게 한가한 때를 기다린 뒤에야 책을 편다면 평생 가도 책을 읽을 만한 날은 없다. 비록 아주 바쁜 중에도 한 글자를 읽을 만한 틈만 있으면 문득 한 글자라도 읽는 것이 옳다."

홍길주의 『수여연필』은 현대인들 못지않게 자투리 시간을 살

뜰하게 활용하는 홍석주의 토막 독서에 주목한다. 어떤 책은 세수한 뒤 호좌건虎坐巾을 얹으면서 읽고, 어떤 책은 안채에 있으면서 속으로 외운다. 아침에 눈을 떠 베갯머리에서 외우는 책이 있고, 침상에 들었다가 잠들기 전에 외우는 책이 따로 있다. 매번 한두 장을 넘지 않건만 달이 쌓이고 해가 지나자 너덧 질의 책을 마쳤다. 그런 식으로 약관이 되기 전에 고금을 널리 살필 수 있었다 하니 책 읽을 시간을 훔치는 홍석주의 솜씨에 감탄할 따름이다. 훗날 승지承旨와 각신閣臣이 되어 종일 공무를 보거나 임금을 모시다 밤늦게 퇴근하는 날이 이어졌지만 그는 서너 줄이라도 반드시 읽고 침소에 들었다.

나 역시 틈새 독서로 짭짤한 재미를 본다. 전철이나 버스에서는 물론이요, 약속 시간에 일찍 도착해서, 병원에서 순서를 기다리며, 운동하다 쉬면서 책을 꺼낸다. 그렇게 틈새 독서가로 살면서 가방에 책 두어 권과 적바림 노트, 일회용품을 피하려 물통과 장바구니를 넣고 다니면 어깨가 늘 무겁다. 책 읽을 시간을 훔치기 어려운 날도 변함없이 가방을 멘다. "읽지도 못할 책을 왜 맨날 들고 다녀"라는 핀잔을 달고 산다. 결혼 전엔 엄마가, 후엔 안해가, 출산 후엔 애들이 그런다. 가방에 책을 찔러 넣는 행위는 내게 집을 나서는 일종의 출사식이다.

기회를 기다리는 것은 바보짓이다. 독서의
시간이라는 것은 지금 이 시간이지 결코
이제부터가 아니다. (…) 오늘 읽을 수 있는
책을 절대 내일로 미루지 말라.

홀브룩 잭슨

070

누군가 내게 생계는 책임져 줄 테니 원대로 살아 보라 한다면
평생 책과 살고 지고 살고 지고 하다가 죽고 싶다. 허나 여염집 사
내에게 어찌 그런 행운이 깃들겠는가.

독서의 주적은 생활이다. 삶의 비루함을 책읽기로 달래 보려 하
건만 생활이란 놈은 그 성실함이 이를 데 없어 하루도 결근이 없
다. 독서를 추동하는 것도 생활이요, 독서할 시간을 앗아 가는 것
도 생활이니 어찌 얄밉지 않으랴.

생활의 횡포에 시달리면서도 책읽기를 놓지 않은 사표의 자취
를 살펴볼작시면 조헌이란 분은 밭을 갈러 나가면 두둑에 『맹자』

를 걸쳐 놓고 한 구절 읽고 한 이랑 갈고, 다시 돌아와 한 구절 읽고 한 이랑을 갈았다. 해가 떨어지면 어머니 방에 군불을 때며 아궁이 불빛으로 책을 읽었다. 중국 당나라의 이밀은 소에게 꼴을 먹이는 동안 소뿔에 『한서』를 걸어 놓고 읽었다. 한나라의 광형은 벽에 구멍을 뚫어 남의 집 등불로 책을 읽었다. 옛사람의 치열한 책읽기에 옷깃을 여민다.

홍대용의 탄식대로 "인생은 길어야 백 년인데, 그새 우환과 고난이 잇따라 찾아들므로, 편안히 앉아 독서할 시간이란 얼마 안 되는 것이다." 그 얼마 안 되는 시간이 와도 미루기 일쑤다. 지금 시간이 나면 무조건 책을 읽으라. 오늘 하던 일을 마저 해 놓고 내일 몰아서 읽어야지. 나도 여기에 한두 번 낚인 것이 아니다. 내일은 다른 일이 생기기 마련이다.

오늘 마실 술과 오늘 먹을 치킨만 내일로 미루지 말 것이 아니다. 오늘 읽을 책을 내일로 미루지 말라.

모든 독서는 출애굽이다.

———

파스칼 키냐르

∅71

천재 실학자 위백규는 「독서차의」에서 편벽됨을 치유하는 방법은 서恕(남의 처지를 헤아림)뿐이라고 했다. "좋아하면서도 그 나쁜 점을 알고, 싫어하면서도 그 아름다운 점을 아는 것은 바로 남을 헤아릴 수 있느냐 없느냐의 근본이니, 오직 서恕할 수 있는 사람만이 할 수 있다." 소싯적 나는 신념이 강해서 남을 헤아리지 못하는 '불서'不恕의 병폐가 있었다. 이는 폭넓은 독서로 치유됐다. 독서를 타자의 우회를 통과하는 작업이라고 말한 폴 리쾨르는 옳았다.

스티븐 핑커는 『우리 본성의 선한 천사』에서 독서가 인간 세상에 끼친 공을 이렇게 풀어낸다.

나는 인도주의 혁명을 가져온 외생적 변화로서 쓰기와 읽기 능력의 성장이 가장 유력한 후보라고 생각한다. (…) 독서는 '관점 취하기'perspective-taking의 기술이다. 당신은 독서를 통해 그 사람(저자)의 관점으로 세상을 보는 셈이다. 당신이 직접 경험할 수 있는 장면과 소리를 접하는 것은 물론, 그의 마음속으로 들어가서 잠시나마 그의 태도와 반응을 공유한다.

소설가 김영하는 "독서는 우리 내면에서 자라나는 오만(휴브리스)과의 투쟁"이라고 선언한다. "독자라는 존재는 독서라는 위험한 행위를 통해 스스로 제 믿음을 흔들고자 하는 이들"이 맞다. 책은 스캔들이다. 독서가 즐겁기만 하다는 이들, 한 번도 책에 걸려 넘어지지 않은 이들은 책을 읽었다고 할 수 없다. 해럴드 블룸이 『교양인의 책읽기』에서 말했듯이 "독서는 자아를 분열시킨다. 곧 자아의 상당 부분이 독서와 함께 산산이 흩어진다. 이는 결코 슬퍼할 일이 아니다." 책은 나를 해체하지만 재구성할 수 있는 근력을 길러 준다. 내가 '병 주고 약 주는 독서'라고 말하는 이유가 여기 있다.

파스칼 키냐르가 말한 것처럼 독서는 출애굽, 곧 자아 탈출의 몸짓이다. "결코 자신의 밖으로 떨어져 나오지 못하는 사람은 사랑을 체험하지 못한다"고 키냐르는 말한다. 사랑하기 위해서라도 책을 읽어야 한다.

아이의 공부방보다 부모의 서재를 만드는 것이 우선이다.

와타나베 쇼이치

072

　보통 부모는 아이가 자기 말을 듣지 않는 것에 민감하지만 아이가 자기 행동을 보고 있다는 사실에는 둔감하다. 자녀는 말이 아닌 실천으로 키운다지만 독서야말로 백 번 잔소리보다 한 번 솔선함이 낫다. 빤한 얘기지만 진부하다는 것은 그만큼 진리에 가깝다는 뜻이기도 하다. 부모가 책 읽는 모습을 보여 주는 것, 아니 보여 주려고 하지 말고 즐거이 자기 책을 읽는 것보다 더 나은 독서교육이 없다. 그런 점에서 애들 공부방보다 부모의 서재가 먼저라는 주장에 공감한다. 이 발상의 전환은 사람은 듣는 것이 아니라 보는 대로 만들어진다는 믿음에 기초해 있다. 와타나베 쇼이치의 말대로 "거실 소파에서 TV나 보다가 잠이 드는 아빠. 나는 이렇게 살다 갈 테니 너는 딴생각 말고 공부나 하라면서 가둬 놓는 것은 아닌지 생각해 볼 일이다."

로알드 달의 『마틸다』처럼 알아서 책을 읽는 아이가 아니라면 누군가 책읽기의 즐거움으로 꾀어내야 한다. 그 유인 방법은 일단 읽어 주기이지만 더 확실한 방법은 먼저 읽기다. 뜻하지 않은 유혹이 가장 강력하다고 하는데, 읽어 주기가 기획한 유혹이라면 먼저 읽기는 의도하지 않은 유혹이다.

어릴 제 내 아버지는 평소 책을 보는 법이 없었다. 드라마에 나오는 아버지들이 거실에서 책을 읽는 모습을 보면 어찌나 부러운지 눈을 떼지 못했다. 아침 식탁 자리에서 가족은 안중에도 없이 홀로 조간신문을 보는 아버지도 자주 나왔는데 바람직하지 않은 걸 알면서도 그런 아버지가 사무치게 갖고 싶었다. 어느새 내가 아버지가 됐고 우리 집 애들은 책 읽는 제 아빠를 크게 달가워하지도 않는다. 그래도 괜찮다. 적어도 마틸다처럼 부모를 딱하게 생각하지는 않으니.

마틸다는 아무 대꾸도 하지 않고 입을 다물었다. 하지만 마음속에서 분노가 끓어오르고 있음을 느낄 수 있었다. 이렇게 부모님을 미워하는 것은 잘못이라는 것을 알고 있었지만, 그렇게 하지 않기가 매우 어려웠다. 마틸다는 책을 읽으면서 엄마 아빠는 결코 볼 수 없었던 인생을 바라보는 눈을 열었다. 만약 엄마 아빠가 디킨스나 키플링의 책을 조금이라도 읽는다면, 인생에는 사람을 속이거나 텔레비전을 보는 것보다 더 많은 것이 담겨 있다는 것을 발견하게 될 텐데.

어린 시절 배운 것은 돌에 새겨지고, 어른이 되어 배운 것은 얼음에 새겨진다는 말이 있다. 돌에 새겨야 할 것이 적지 않으나 책읽기가 들어가면 좋겠다.

어린아이에게 독서를 시킬 때 결코 엄하게
단속만 해서는 안 된다. 엄하게 단속하면
타고난 기백이 약한 아이는 지레 겁먹게
되고, 반대로 기백이 강한 아이는 분한
마음이 가슴 가득 쌓여 원망하는 마음을
품게 된다.
또한 너그러운 마음으로 풀어 주기만 해서도
안 된다. 너그러운 마음으로 풀어 주면
품은 뜻이 낮고 보잘것없는 아이는 게으름과
태만에 빠지고, 반대로 품은 뜻이 높고
강한 아이는 아무 거리낌 없이 제멋대로
행동하거나 다른 사람을 업신여기는 마음을
갖게 된다.

───────
이덕무

073

우리집 아이들은 나처럼 책을 좋아하지 않는다. 활자중독인 나처럼 한 자라도 더 보려고 애면글면하는 아이는 없다. 노는 걸 더 좋아해서 다행이다. 그래도 책 읽는 습관을 들여 주고 싶은 것이 부모의 마음이다. 책과 자연을 즐길 줄 알게 한다면 어떤 것보다 큰 유산을 남긴 셈이리라.

많은 부모가 체벌과 보상이라는 훈육방식을 독서에 그대로 가져가는데 독서에 채찍과 당근은 어울리지 않는다. 책을 많이 읽히려고 혼을 내거나 상을 주는 게 그리 바람직하지 않단 이야기다. 물론 너무 책을 안 읽으면 훈계도 해야 하고, 아이에 따라 스티커

나 용돈 같은 외적 동기부여가 초기 독서 습관을 잡는 데 도움을 주기도 한다. 하지만 기본적으로 독서는 자율적인 행위이며 즐거움의 행위여야 한다. 때론 독서가 괴롭기도 하지만 그 역시 자율적으로 선택한 것이어야 한다.

자녀 독서 지도에 거창한 계획 같은 건 없다. 여느 때처럼 '따로 또 같이' 책을 읽으면서 책읽기의 즐거움과 고단함을 고루 느끼면 족하다.

귀로 말을 듣고, 눈으로 그림책의 그림을 봅니다. 사실, 어린이는 삽화를 보는 것이 아니라 삽화를 읽습니다. 그림책은 온전히 말의 세계입니다. 말이 되지 못하는 그림은 없습니다. 추상화도 말이 될 수 있습니다. 선이나 형태나 색이 있으니까요. 어린이들은 그림을 읽습니다. 어른은 그림을 보지만, 어린이는 그림을 읽습니다. 그림 속에 있는 말을 읽습니다.

마쓰이 다다시

074

일본의 그림책 작가이자 편집자인 마쓰이 다다시는 '그림책은 어린이가 읽는 책이 아니다'를 자신의 첫 번째 편집 방침으로 확정했다. 그럼 누가 읽는 책이란 말인가? 그림책은 '어른이 어린이에게 읽어 주는 책'이다. "초등학생이든 중학생이든 마찬가지예요. 저는 대학생들에게도 그림책을 곧잘 읽어 주는데, 대학생조차도 자기가 직접 읽을 때와 누가 읽어 줄 때 매우 다른 인상을 받는 듯하더군요."

그림책은 읽어 주는 책이다. 그림책을 사 주면서 재밌게 읽으라고 하는 것은 반칙이다. 아이에게든 어른에게든 그림책을 선물했다면 읽어 주어야 한다. 그림책을 혼자 보면 글 따로 그림 따로 시간차를 두고 감상하게 된다. 귀로 이야기를 듣는 동시에 눈으로 그림을 봐야 진정한 그림책 체험에 도달하고 이 체험을 했을 때 그림책의 본질에 닿는다. 읽어 줄 사람이 없으면 성립할 수 없는 일이다.

나 어릴 적엔 여염집이 다들 그랬듯 우리 집에서도 책을 읽어 주는 일은 없었다. 내 인생에 처음 책을 읽어 준 사람은 중 1 국어 선생님이다. 한번은 수업에 들어와 진도는 안 나가고 몇 주에 걸쳐 리처드 바크의 『갈매기의 꿈』을 끝까지 읽어 주었다. 갈매기 사진이 나올 때마다 책을 1분단에서 4분단까지 영화 패닝숏처럼 빙 돌리며 보여 주는 수고를 마다하지 않았다. 그림이 아니라 사진이지만 내겐 최초의 그림책 체험이었다. 그래서일까, 물고기 머리보다 "삶의 더욱 높은 목적을 찾"는 조너선 리빙스턴 시걸은 이내 가슴에 또렷이 새겨졌다. 어쩌면 이날까지 "지금 여기서 너의 진정한 자신이 될 자유"를 꿈꾼 조너선처럼 살아가고자 나름 몸부림친 것은 첫 번째 그림책 체험 덕인지도 모른다.

절대 책을 빌려주지 말라. 아무도 돌려주지
않으니까. 내 서재에 있는 책은 모두 남들이
빌려준 책이다.

───────

아나톨 프랑스

075

하하하, 노벨문학상에 빛나는 작가이자 드레퓌스 사건 당시 에
밀 졸라 등과 함께 반유대주의에 맞서 싸운 아나톨 프랑스가 이런
사람이라니. 하긴 "책을 빌려주는 자는 바보다. 책을 돌려주는 자
는 더 바보다"란 아랍 속담도 있으니. 조선의 최석정은 장서 규모
가 컸지만 장서인을 찍지 않았고 남에게 빌려준 책을 찾지도 않았
다. 평소 자식들에게 "서적이란 공공의 물건이니 사사로이 지키기
만 해서는 안 된다. 내가 마침 책을 모을 힘이 있었기에 책이 내게
모인 것이고 다른 사람도 다 마찬가지다"라고 가르쳤다.

다른 재화에 비해 책은 돌려주지 않아도 양심의 가책이 덜해서

일까. "책과 마누라만큼은 빌릴 수 없는 것"이라고 믿는 시미즈 이쿠타로 같은 이가 아니면 책을 빌려주고 받지 못한 적이 한 번씩은 있을 것이다. 허균은 십 년이 넘도록 책을 돌려받지 못해서 이런 서신을 띄우기도 했다.

옛사람의 말에 '책을 빌리면 돌려주기는 늘 더디고 더디다' 했지요. '더디다'는 말은 1년이나 2년을 가리키는 것입니다. 『사강』史綱을 빌려드린 지가 10년이 훨씬 넘었습니다. 돌려주시기 바랍니다. 저도 벼슬할 뜻을 끊고 강릉으로 아주 돌아가 그 책이나 읽으며 소일하렵니다. 감히 사룁니다.

돌아오지 않은 책이 우정에 생채기를 남기기도 한다. 오스카 와일드에게 책을 내주고 되받지 못한 친구가 따졌다. "자네는 이런 일로 우리의 우정을 위험에 빠트릴 각오가 되어 있는가?" 그때 오스카 와일드는 이런 답으로 친구를 무색하게 만들었다고 한다. "자네는 그런가?" 니나 상코비치가 말한 "지켜진 우정, 함께 나누는 책"이 생각보다 쉽진 않다. 나 역시 돌려받지 못한 책이 기백 권에 이르지만 헨리 밀러의 말을 믿기에 여전히 책을 꾸고 꾸인다.

돈처럼 책은 항상 순환해야 한다. 돈과 책은 되도록 많이 빌려주고 빌려 오라. 하지만 책을 더 그렇게 하라. 돈보다 책이 무한을 더 잘 표현하기 때문이다. 책은 친구를 한 명 이상 만들어 준다. 온 마음과 정신으로 좋아하는 책을 갖고 있으면 풍요로워진다. 하지만 그것을 다른 사람에게 넘겨주면 세 배로 풍요로워진다.

독서와 황금을 함께 사랑할 수는 없다.

리처드 밸리

076

부와 성공을 위해 신을 믿는 바보들에게 예수는 "하나님과 재물을 겸하여 섬기지 못한다"(마태복음 6:24)고 못 박았다. 바울은 "상류층에 들어가려 애쓰지 말고 도리어 사회적 약자와 연대하라"(로마서 12:16)며 상류지향과 하류지향을 대비했다. 독서도 그렇다. 리처드 밸리는 독서와 황금을 함께 사랑할 수는 없다고 했다. 실제로 중국 후한 시대 악양자라는 분은 책을 읽다가 주운 금을 버리고 독서에 몰두했다고 전한다.

지식이 보편화하면서 책이 출세를 보장해 주는 시대가 저문다. 책 사기를 즐기고 책읽기에 맛 들이면 되레 가난해질 가능성이 높다. 그 시간에 한 푼이라도 더 버는 편이 낫다. 중국 후한 시대의 환영은 책이 좋아서 산중에 숨어 살며 남의 집에 품을 팔아 독서했다. 시미즈 이쿠타로는 "책은 무리를 해서라도 산다. 내가 지금까지 가난하게 사는 것은 아마도 이 주관주의적 독서법의 결과일 것이다"라고 했다. 조병준 시인 역시 같은 고백을 한다. "책을 읽느라고 그 시간에 더 많은 돈을 벌 수는 없었지만, 돈 많은 자들 앞에서 적어도 스스로 초라해지지 않을 수 있었음을."

한번은 대형서점에 갔다가 아이랑 같이 들른 부모가 눈에 뜨였다. 부자가 되게 해 준다고 노골적으로 말하는 책을 잠시 훑어보더니 혼잣말을 한다. "사기꾼들 많아!" 그새에 스마트폰을 만지는 아이를 보더니 꽤나 익숙한 말투로 꾸짖는다. "얘는 서점에 와서도 핸드폰이니! 저기 가서 책 좀 읽어. 책 많이 읽어야 똑똑해지지." "진짜 책 읽으면 똑똑해져?" "그럼! 성적도 올라!" 아, 나도 모르게 탄식이 나온다. 지금 아이에게 한 말과 아까 그 책 읽으면 부자 된다고 한 말이 다를까. 사기꾼이라고 즉결심판을 내린 그 입술로 아이에게 사기를 치는 건 아닐까.

자손에게 부와 명예가 아닌 책 읽는 가풍을 물려주려고 한 이들이 있다. 사화로 유배를 당한 김수항과 역시 사화로 사약을 받은 김수항의 장남 김창집은 유언으로 '독서종자'가 끊어지지 않기를 간곡히 부탁했다. 다산 정약용 역시 두 아들에게 과거를 볼 수 없는 처지를 비관해 혹여 독서종자가 끊어지게 해서는 안 된다고 편지를 보냈다. 정조는 『일득록』에서 "근래 뼈대 있고 훌륭한 집안에 독서종자가 있단 말을 못 들었다. 이러니 명예와 검속이 날로 천해지고, 세상의 도리가 날로 무너져, 의리를 우습게 알고 권세와 이익만을 좋아한다"고 탄식했다.

다시 한 번 말한다. 독서와 황금은 겸비할 수 없다. 자식에게 독서종자를 물려준다면 커서 부자가 되긴 글렀다. 그래도 좋다면 책 읽기의 즐거움을 누리게 하라.

수십 년의 연구 결과에 따르면, 부모나 다른
어른이 책 읽어 주는 소리를 들으며 보낸
시간의 양이, 몇 년 후 그 아이가 성취할 독서
수준을 예언해 주는 좋은 척도가 된다.

매리언 울프

077

우리 집 애들한테 "아빠 몇 점?" 하고 물으면 후한 점수는 못 받을 거다. 안방 침대에서 애들을 낳고 직접 탯줄을 자르고 네 번이나 산후조리를 했건만 자기들은 기억나지 않는단다. 통장을 깨서 몇 달씩 여행을 가는 등 애들과 고운 추억을 지으려 애쓰지만 애들한텐 게임하는 시간이나 물건 사 달라는 것에 인색한 스크루지 아빠다.

우리 집에 전통이 하나 있다. 잠자리에서 아이들과 함께 책을 읽는다. 스무 해를 이어 왔으니 전통이라 해도 무리는 아니다. 안해가 계획에 없던 첫애를 갖고 나서 태명을 매실이로 지었다. 안

해가 처형에게서 파란 매실을 치마 한가득 받아 오는 태몽을 꾸어 서였다. '아버지 됨'의 의미를 밝히는 책을 읽다가 "모태가 있다면 부태도 있다"는 구절에 공감했고, 아빠의 낮은 목소리가 태아에 게 잘 들린다는 대목에 감화를 받아 배 속의 아기와 책을 읽기 시 작했다. 평소 태동이 없다가도 책을 읽기 시작하면 알아듣기라도 하는 듯 꿈틀꿈틀 좋아하는 게 느껴졌다. 안해의 배를 톡톡 두드 리며 "너도 그렇게 생각하니, 매실아?" 하고 물으면 딱 그 부위가 볼록볼록 올라왔다. 놀라운 교감이었다. 책읽기는 아이가 태어나 서도 계속됐고 그 아이는 중학생이 돼서도 책벗으로 남았다. 이제 는 둘째, 셋째, 넷째가 '책 읽어 주는 아빠' 서비스를 누린다.

자녀와 나란히 책읽기. 애들에게 꽃 이름을 알려 준 것과 더불 어 부박한 내 인생에 그나마 잘한 일로 남을 것이다. 지금은 몰라 준다 해도 언젠가 "압바●, 참 고마웠어요"라는 말을 들을 날이 있으리라. 그날이 안 와도 괜찮다. 내가 먼저 고마웠으니까. 지인 들은 "어떻게 20년을 한결같이 책을 읽어 주냐. 힘들지도 않냐?" 고 묻는다. 의무감으로 하라면 못 했다. 내가 애들보다 그 시간을 더 즐겼으니까 해 왔다.

읽어 준다고 시혜적으로 생각하면 안 된다. 같이 읽는다고, 아 니 덕분에 나도 읽는다고 생각하는 것이 옳다. 실제로 삶에 쫓기 다 보면 아이들과 책 읽는 시간이 하루 중 유일한 독서 시간인 경 우가 적지 않다. 고맙다, 애들아.

● 아빠의 옛말. 옵바(오빠)와 함께 나란히 관습적으로 우리집에서 쓴다.

저녁을 놓치면 모든 것을 놓친 것이다.

크리스틴 폴

스무 해를 꾸준히 애들과 책을 읽어 오면서 중간에 위기도 많았다. 큰애가 네 살에 캐나다로 갔다가 열세 살에 한국으로 왔는데 '압바 독서 교실'이 사라질 뻔했다. 이 땅의 삶이 워낙 팍팍하다 보니 책 읽을 시간을 짜내기가 어려웠다. 자신을 적극적으로 착취하는 이만 살아남는 한국사회를 보며 과거 한 정치인의 구호인 '저녁이 있는 삶'이 가슴을 쳤다. 크리스틴 폴은 "저녁을 놓치면 모든 것을 놓친 것이다"라고 했는데 그 저녁이 있는 삶이 도대체 확보되지 않았다.

노벨평화상 수상자인 남아공의 투투 주교가 쓴 어린이 성서를 번역하고 출간 기념으로 '아이와 함께 책장을 넘기다'라는 강연을 했다. 사오십 명의 청중에게 책읽기가 여의한지 물어봤다. 어떻게든 자녀와 책을 읽고자 이런 강의에도 참석한 열혈 부모들인데 이들조차 책 읽을 시간 확보 자체가 어렵다고 탄식했다. 짐작은 했지만 엄혹한 현실 앞에 참담했다. 나는 작심하고 발언했다. 책읽기가 사치가 된 시대에 독서는 정치적 실천이다. 아이들과 함께 책 읽기 위해 싸우고 투표하시라. '아이와 책 읽는 부모'라는 이 당연한 권리조차 특권으로 여겨지는 야만의 시대를 바꿔야 한다고.

독서와 작문이 사제 계층만 구사하는 밀교적 기예였던 시대가 있었다. 소수에게만 허락된 이 엄청난 기술을 익히려면 커다란 희생과 헌신을 지불해야 했다. 그런데 읽고 쓰기가 숨쉬기처럼 자연스러워진 오늘날, 독서가 소수의 특권층에게만 허락된 일로 느껴지니 이 무슨 변고인가! 먹고살 만한 시대가 되었다지만 빈부격차는 더 심해져서 여염집 서민이 꾸준히 책을 읽고자 한다면 몸부림을 치지 않고선 난망이다. 책 읽을 여유를 가진 이들이 선망의 대상이 되는 사회는 저주받아 마땅하다. 직종과 직급에 관계없이 하루에 여덟 시간을 성실히 일하고 난 뒤에 낮은 조명 아래 책장을 넘길 저녁이 보장되지 않는다면 대체 그 사회가 존속할 이유가 무엇인가. 피에르 르장드르에 의하면 국가의 본질은 재생산을 보증하는 것이며, 국가의 역할은 아이를 낳아 기르는 물질적, 제도적, 상징적 준비를 갖추는 것이다. 뒤집어 말하면 아이를 낳아 키울 수 없는 국가는 사라져야 한다. 다시 묻는다. 아이에게 책을 읽어 줄 수 없는 사회가 존속되어야 하는가.

시인 김수영 선생은 일전에 "독서와 생활을 혼동해서는 아니 된다. 전자는 받아들이는 것이다. 그러나 후자는 뚫고 나가는 것이다"라고 했다. 하지만 독서가 생활에 잠식된 슬픈 현실하에 독서 역시 뚫고 나가야 하는 것이 됐다. 그러니 싸우자. 나와 내 자녀의 책읽기를 위해.

나태는 온갖 사랑의 시초다.

크리스타 볼프

079

"나태는 모든 악덕의 시초이며 모든 덕의 압권이다." 카프카는 게으름의 양면성을 이렇게 설파했다. 7대죄악 중 하나로 꼽히는 악행이자 동시에 이 세상 모든 선의 근원인 나태. 독서도 나태의 배양토에서 무성해지기 마련이다. 에밀 파게는 "독서란 권태가 자기애를 물리치고 승리를 거머쥐는 행위"라고 정의한 다음 "권태로워야만 굳이 자신을 희생해 가며 책을 펼치는 굴욕을 맛본다"고 풀이했다. 스테판 말라르메의 시 「바다의 비풍」은 권태를 책읽기에 결부한다. "육체는 슬프도다, 오호라, 그리고 나는 모든 책을 읽었노라."

열심히 살 의무만을 남기고 나태해질 권리를 보장해 주지 않는 사회는 악하다. 오직 하나의 선택지로 겁박하는 사회에 저주가 있을지니. 밭은 숨을 헐떡이며 살도록 내모는 사회, 그렇게 살지 않으면 생존 자체가 위협받는 사회, 적당한 게으름에도 그렇게 한가하냐며 죽비를 꽂는 사회는 타파되어야 마땅하다. 마찬가지로 책장을 넘기는 일조차 절절해야 한다고 몰아세우는 책읽기 교육에 화 있을진저.

"책 읽는 자세가 그게 뭐냐!" 독서는 정좌로 해야 한다고 거듭 강조하면서 조금의 흐트러짐도 용납지 않던 초등학교 선생님의 목소리가 지금도 귀에 쟁쟁하다. 책을 읽을 때 조금만 늘어진 표정을 지으면 눈빛이 글러 먹었다며 호령하던 선생님. 선생님은 제가 성인이 돼서도 치열하게 독서하지 않은 날은 잔변감 같은 죄책감을 품게 했습니다. 선생님이 드리운 그늘에서 벗어나 나른한 오후의 고양이를 닮은 독서를 찬미하기까지 강산이 몇 번이나 바뀌는 세월이 흘러야만 했지요.

우리는 다 시대의 자식이기에 선생님도 당시엔 그리 믿고 가르치셨겠지요. 헐떡이며 이익을 추구하는 시간이 가장 무익할 수 있고 아무것도 하지 않는 시간이 가장 생산적일 수도 있음을 선생님도 이젠 알고 계시겠지요. 선생님, 속도와 효율의 추구는 항시 폭력과 전쟁으로 귀결되며, 느림과 나태야말로 역사의 진정한 동력임을 우리는 어느 때에 가서야 믿게 될까요.

아이는 그저 자신의 리듬을 따라가고 있을
뿐이었다. 그 리듬은 다른 아이들과 반드시
같아야 한다는 법도, 평생을 한결같이 언제나
일정해야 한다는 법도 없다. 아이에게는
저마다 책읽기를 체득해 나가는 자신만의
리듬이 있다. 때론 그 리듬에 엄청난 가속이
붙기도 하고, 느닷없이 퇴보하기도 한다.
아이가 책을 읽고 싶어 안달을 하는 시기가
있는가 하면, 포식 뒤의 식곤증처럼 오랜
휴지기가 이어지기도 한다. 거기에 아이
나름대로의 좀더 잘하고 싶다는 갈망, 해도
안 될 것만 같은 두려움까지 감안한다면….

다니엘 페나크

080

더 빨리 흐르라고
강물의 등을 떠밀지 말아라.
강물은 나름대로 최선을 다하고 있는 것이다.

다니엘 페나크의 『소설처럼』을 읽는 내내 장 루슬로의 앞 시구
가 입에 맴돌았다. 책 읽는 사람은 강물의 등을 떠밀어 급류로 만
드는 세상에서 느긋하게 맴돌 둠벙을 만드는 사람, 홀로 질주하는
여울을 손을 잡아 유유히 흐르는 대하로 이끄는 사람이어야 한다.
소로의 표현을 빌리면 모든 사람이 같은 고수의 북소리에 맞춰 행

진하지 않아도 좋은 사회, 남들은 바삐 여름을 향해 달려가더라도 나 홀로 늦봄에 머물 수 있는 세상을 만드는 사람이어야 한다.

왜 우리는 성공하려고 그처럼 필사적으로 서두르며, 그처럼 무모하게 일을 추진하는 것일까? 어떤 사람이 자기의 또래들과 보조를 맞추지 않는다면, 그것은 아마 그가 그들과는 다른 고수鼓手의 북소리를 듣고 있기 때문일 것이다. (…) 그가 꼭 사과나무나 떡갈나무와 같은 속도로 성숙해야 한다는 법칙은 없다. 그가 남과 보조를 맞추기 위해 자신의 봄을 여름으로 바꾸어야 한다는 말인가?
— 헨리 데이비드 소로, 『월든』

서로의 다름이 열등감이 아닌 풍성함의 원천이 되는 사회를 일구고자 책을 읽는 사람들도 자식의 책읽기에는 조급함이 도지나 보다. 아이에게 책읽기를 가르치고 자기 속도에 맞춰 따라오기를 재촉하는 부모나 선생을 두고 페나크는 "'교육자'를 자처하지만, 실은 우리는 아이에게 성마르게 빚 독촉을 해 대는 '고리대금업자'와 다름없다"고 일갈한다. 가르치려 들지 않으면서 가르치는 이가 가장 훌륭한 스승이듯, 책읽기를 가르치지 않으면서 책읽기를 배우게 하는 것이 가장 훌륭한 독서교육이다. 이 땅의 부모들이 이런 마음으로 아이와 책을 읽으면 얼마나 좋을까.

아이가 가장 좋아하는 책을 골라서,
아무런 대가도 바라지 않고,
그저 크게 소리 내어
읽는 것.

책을 둘 때 가장 바람직한 방법은,
살기 좋은 그 어떤 설계도 무시하고 자기
주변에 책을 쌓아 두는 겁니다.

오사다 히로시

∅81

마트보다 생협을 선호하는 편이지만 맥주 생각이 간절하면 자전거에 장바구니를 달고 마트로 향한다. 맥주만 사려고 왔는데 메인 통로 중간에 섬처럼 자리한 평대平臺나 진열대의 양쪽 끝인 '엔드캡'end cap에 진열한 상품에 자꾸 눈길이 간다. 실제로 이들 특별 매대에 놓으면 일반 매대에 진열할 때보다 서너 배 더 팔린다고 한다.

이는 내가 아이들에게 활용하는 독서 전략이기도 하다. 이거 읽어라, 저거 읽어라 추천하기도 하지만 읽히고 싶은 책을 애들 눈에 잘 띄이는 곳에 둔다. 새로 들인 책이나 오래 빛을 못 보고 책장에 꽂힌 책을 소파나 책상, 침대 위에다 슬쩍 흘려 두면 효과가 짭짤하다. 사람이 그렇다. 핸드폰이 있으면 핸드폰을 하고 TV가 보이면 TV를 켠다. 아이든 어른이든 인간은 생각보다 즉자적이다.

오사다 히로시가 "책을 둘 때 가장 바람직한 방법은, 살기 좋은 그 어떤 설계도 무시하고 자기 주변에 책을 쌓아 두는 겁니다"라고 한 까닭이 여기 있다. 살기 좋은 그 어떤 설계도 무시하란 말에 책 본위로 세간을 꾸리는 책벌레의 자유분방함을 느낀다. 책꽂이에 열과 오를 맞춰 기립한 책을 보면 사열식의 군기를 감지하지만 공간을 횡단하며 자유롭게 널린 책에선 백사장에 누운 사람을 연상한다.

책이 사방에 널려 있는 것도 정도껏이지 점점 심해지면 견디질 못한다. 집이 구저분하면 짜증이 나는 어설픈 결벽증 탓이다. 책이 멋대로 퇴적층을 형성하도록 두기가 싫다면 가장 간단한 해결책은 책을 책장에 두 줄로 꽂아 놓는 것이다. 지금 이 글을 쓰다 주위를 휙 둘러봐도 한 줄이 아닌 곳을 찾기 힘들 정도다. 그러다 문득 책장 안쪽에 오래 묵혀 놓은 책이 별 이유도 없이 그리운 날이 있다. 딱히 특정한 책이 생각나는 것도 아닌데 책장을 뒤집고 싶은 충동이 든다. 안쪽에서 외면당한 책이 날 보고 싶다며 외치는 소리를 내 무의식이 들었기 때문이리라. 오카자키 다케시는 말했다. "책은 상자 속에 넣어 두면 죽는다. 책등은 늘 눈에 보이도록." 두 줄로 책을 꽂을 때 그나마 책등이 보이도록 해 놔서 책의 외침을 들을 수 있었나 보다.

179

실제 향기보다 소문이 더 무섭다.

———

이동혁

∅82

IMF 구제금융체제에 헤아릴 수 없는 이들이 직장을 잃고 가정이 깨지고 자녀들이 눈물을 흘렸다. 그 와중에도 서민들은 나라를 살리자며 장롱에 감춰 둔 금을 모으는데 부자들은 눈 먼 돈을 쓸어 모으느라 정신이 없었다. 당시 부자들이 강남 룸살롱에서 함박웃음을 지으며 술을 마실 때 건배사가 이거였단다. "이대로!" 이후 빈부격차를 보여 주는 지니계수는 가파르게 올랐고 부익부빈익빈은 엄연한 현실이 됐다.

독서에도 부익부빈익빈이 고스란하다. 책에 맛들인 이는 또 읽고, 책을 등진 이는 계속 외면한다. 출판계에서도 어차피 읽는 사람만 읽는다는 전제하에 책을 낸다는 말을 듣고 절망을 느꼈다. 책을 안 읽는 사람은 이런 안타까움조차 알 리 없다. 이 간극을 어떻게 줄일 수 있을까. 먼저 책과 사랑에 빠진 책벗님이 주위에 좋은 책을 알리고 권하는 것 말고는 달리 수가 없어 보인다.

가장 신뢰할 만한 홍보는 입소문이라고 한다. 이를 활용한 바이럴 마케팅이 각광을 받고 있다. 돈을 받고 입소문 아닌 입소문을 내 주는 대행업체들이 성황이라고 한다. 입소문 마케팅 전문가인 데이브 볼터는 입소문을 두고 "마케터, CEO, 창업가들이 꿈꾸는 성배聖杯와 같"다고 했다.

책읽기도 입소문밖에 없다. 애서가들이 생활 속에서 티를 내면 좋겠다. 약속 장소를 서점이나 북카페로 잡고, 선물은 그 사람에게 맞갖을 책으로 하고, 소셜미디어나 '단톡방'에 글귀를 올리고, 데이트는 도서 축제에서 하고, 전철이나 버스 안에서 책을 읽고, 읽지 않을 때도 책 표지를 위로 해서 놔두고, 지인을 만나면 최근에 읽은 책 이야기를 하고, 책모임을 만들거나 수다모임을 책수다 모임으로 전환하면 어떨까. 풀뿌리 독서운동이 바로 이런 것이리라. 바이럴 마케팅으로 유명한 일본의 히노 가에코는 "소문이 회사를 살리고 침묵이 회사를 죽인다"고 했다. 도서생태계의 운명은 풀뿌리 독서운동가들에게 달렸는지도 모른다.

타임thyme으로 알려진 백리향百里香은 그 향기가 백 리를 간다고 해서 붙은 이름이다. 백리향 향기는 실제로 백 리를 가지 않지만 백리향 향기가 좋다는 소문은 훌쩍 백 리를 넘긴다. 그래서 백리향이란 이름이 오늘까지 전해졌으리라. 마찬가지로 서향書香이 백 리를 가진 않지만 서향이 좋다는 소문은 훨씬 멀리 퍼진다. 실제 향기보다 소문이 더 무섭다.

하루에 여섯 시간, 때로는 그보다 많은
시간을 책 읽는 데 바친다. 어느 날은 세 끼를
먹는 시간도 아까워 두 끼만 먹고 종일 책을
붙들고 읽는다. 뼛속까지 파고드는 정한靜閑,
급하게 처리해야 할 아무 업무도 없는
그런 오롯한 자유, 손발을 부지런히 움직여
나를 조각조각 쪼개 분주함 속에 흩뿌리지
않아도 되는 오직 나만을 위해 쓸 수 있는
집중력 속에서 책을 읽는 게 행복했다.
그 행복이 덧없는 것이라 할지라도 그것을
다른 무엇과 바꾸고 싶지 않았다.

───────
장석주

⌀83

30대를 외국에서 보내고 40대에 한국에 들어왔다. 집도 절도
없고, 학위도 직장도 없었다. 저소득전세대출을 받아 여름에 물
새고 겨울에 곰팡이 피는 셋집을 얻어 놓고 애 넷을 먹여 살리겠
다고 버둥질쳤다. 죽으란 법은 없다고 버티고 살아남았지만 그 과
정에 크고 작은 내상을 너무 많이 입었다. 정신이 희뜩거렸다.

그러기를 여섯 해. 내가 먼저 살고 봐야겠다 싶어 달아났다. 이
른바 '자체 안식월'을 가졌다. 밤잠 안 자고 코피 흘리며 모은 두
달 치 생활비를 안해에게 쥐여 주곤 책을 가득 채운 가방을 끌고
길을 나섰다. 태국 북부의 한 시골 마을에 방을 얻어 책을 읽었다.

전화기도 정지해 놓고, 페이스북도 비활성화해 놓고, 가족과 비상 연락망 하나만 남겨 둔 채 책을 읽었다.

끌림이 많아 덜 지루한 인생이었다. 음악, 시, 여행, 맥주, 드레드록스dreadlocks. 그리고 책과 꽃에 대책 없이 끌렸다. 무엇보다 사람이 좋고 자연이 좋았다. 낼모레면 오십인데도 가슴 뛰는 일은 왜 그리 많은지 이놈의 버킷리스트가 마를 날이 없다. 가슴의 설렘을 다 좇아가면 좋으련만 벌써 몸이 예전 같지 않다. '선택과 집중'을 생각지 않을 수 없는 나이가 되었다. 가혹하게도 딱 하나만 택해야 한다면 '책과 꽃'이다. 꽃향기를 맡으며 책 읽을 수 있다면 바랄 게 없다. 그래서일까, 이제 슬슬 생의 모든 가닥을 독서에 맞춰 나간다. 건강한 몸으로 책을 읽고 싶어서 꾸역꾸역 자전거를 타고, 맑은 눈으로 책을 보고 싶어서 건강보조식품을 섭취한다. 이 나이에 나처럼 영양제에 관심 없기도 힘든데 눈에 좋다는 루테인만큼은 챙겨 먹는다. 이게 다 책의 위엄이다.

고단한 삶을 견디는 동안 이 지상에서 유일하게 바라는 보상은 책읽기다. 그것만 있다면 더 바랄 것도 없고 바랄 필요도 없다. 그렇게 책을 읽다가 다음 세상에서 다음과 같은 말을 들을 수 있다면 비루한 이내 인생에 가장 큰 영광이겠다.

나는 때로 다음과 같은 꿈을 꿉니다. 최후 심판의 날 아침, 위대한 정복자, 법률가, 정치가들이 그들의 보답 — 보석으로 꾸민 관, 월계관, 불멸의 대리석에 영원히 새겨진 이름 등 — 을 받으러 왔을 때 신은 우리가 옆구리에 책을 끼고 오는 것을 보시고 사도 베드로에게 얼굴을 돌리고 선망의 마음을 담아 이렇게 말하시겠지요. "자, 이 사람들은 보답이 필요 없어. 그들에게 줄 것은 아무것도 없다. 이 사람들은 책 읽는 걸 좋아하니까."
　　— 사사키 아타루, 『잘라라, 기도하는 그 손을』

다시 읽는다는 것은 다시 살아간다는 것이다.

에밀 파게

084

책읽기 강의를 하면 어김없이 받는 질문. "강사님, 꼭 읽어야 하는 책을 알려 주세요." 필독서 목록이 있으면 공개해 달라는 요청이 따라온다. '읽지 않으면 안 되는 책'이란 표현이 흔하지만 모두에게 통용되는 필독서 같은 건 없다. 독서작문공동체 '삼다'에서 매주 한 권씩 읽는 책을 처음엔 필독서라고 했다가 나중엔 지정도서라고 바꾼 것도 그런 까닭이다. 이를 두고 헤르만 헤세가 훌륭한 답변을 내놨으니 경청해 보자.

반드시 읽어야만 하는 책, 행복과 교양을 위한 필독도서 목록 따위는 없다. 단지 각자 나름대로 만족과 기쁨을 맛볼 수 있는 일정량의 책이 있을 뿐이다. 이러한 책들을 서서히 찾아가는 것, 이 책들과 지속적인 관계를 맺어 가는 것, 가급적 이 책들을 외적으로나 내적으로 늘 소유하여 조금씩 완전히 제 것으로 삼는 것, 그것이 각자에게 주어진 과제다. 이 일을 소홀히 한다면 교양과 기쁨은 물론 자기 존재의 가치까지도 손실이 막심하리라.

자기 존재의 가치에도 손실이 크단 말에 조바심이 난다. 나는 내 인생의 책을 만나서 지속적인 관계를 맺으며 조금씩 내 존재의 일부로 삼아 가고 있는가. 이 질문을 자주 던진다. 다행히 불혹을 지나 지천명에 가까워지면서 몇 번이나 읽은 책에 자꾸 손이 간다. 젊은 시절엔 내 나이만큼이나 많은 수의 책을 한 달 만에 섭렵하는 재미가 컸고, 이제는 같은 책을 내 나이만큼이나 많이 읽고 또 읽는 재미에 눈을 뜬다. 아직은 익숙한 음식보다 새로운 음식을 찾고, 좋았던 여행지보다 미지의 땅을 앙망하는데 유독 책만큼은 손때 묻은 쪽이 좋다.

다시 읽기는 다시 살기라고 에밀 파게는 말했다. 다시 살고자 하는 욕망만큼 인간의 영혼에 깊이 심긴 것이 있을까. 그 근원 욕망이 우리를 과거로 돌아가고 싶게 하고, 부활을 꿈꾸고 환생을 믿게 하는 것이리라. 어쩌면 우리는 부활을 현세에서나마 제한된 형태로 체험하고자 책을 읽는 건 아닐까.

우리가 노예일지라도, 아무런 권리가
없을지라도, 갖은 수모를 겪고 죽을 것이
확실할지라도, 우리에게 한 가지 능력만은
남아 있다. 마지막 남은 것이기 때문에
온 힘을 다해 지켜 내야 한다. 그 능력이란
바로 그들에게 동의하지 않는 것이다.

프리모 레비, 『이것이 인간인가』 중에서

085

민중을 개돼지로 보는 이들이 있다. 밥깨나 먹여 주고 최신형 핸드폰이나 쥐여 주면 좋아할 거라고 믿는 놈들이다. 영화에서나 나오는 이야기가 아니라 실제로 그렇다. 우리가 비록 수용소와 같은 구조에 갇혀 노예를 방불하게 살아가더라도, 당장 세상을 바꿀 힘이 없어 비굴스레 살다가 죽어 가더라도 한 가지 능력은 있다. "나는 너희에게 동의하지 않는다. 나는 너희에게 동의하지 않는다. 나는 너희에게 동의하지 않는다"라고 입이 아닌 삶으로 읊조릴 수 있는 능력이 있다. 그런 기각의 용기를 나는 책에서 얻었다.

아우슈비츠 생존자인 프리모 레비는 수용소 생활 한 주 만에 청결 욕구가 사라졌다고 고백한다. 하긴 언제 죽을지 모르는 처지에 샤워가 무슨 의미가 있겠나. 짐승 취급을 당하는 수용소에서 청결 욕구는 분명 사치다. 하지만 그의 친구 슈타인라우프는 저항의 몸짓으로 '씻기'를 택했다. 당장 내일 가스실에 끌려간다고 해서 스스로를 구저분하게 방치한다면 나를 개돼지라고 취급하는 저들에게 동의하는 것이다.

우리는 당연히 비누가 없어도 얼굴을 씻고 윗도리로 몸을 말려야 한다. 우리가 신발을 검게 칠해야 하는 것은 규정이 그렇게 되어 있기 때문이 아니라, 우리 자신에 대한 존중과 청결함 때문이다. 우리는 나막신을 질질 끌지 말고 몸을 똑바로 세우고 걸어야 한다. 그것은 프로이센의 규율을 따르기 위해서가 아니라, 쓰러지지 않고 살아남기 위해서다.

책 따위가 무슨 소용이란 말인가. 후쿠시마 원전이 터지고, 세월호가 물에 잠기고, 지인이 자살 시도를 할 때마다 든 생각이다. 그렇게 세상을 한恨하면서도 책읽기를 사치로 느낄 적마다 멈추지 않고 책을 읽었다. 수용소에서 몸 씻기는 '헬조선'에서 책읽기로 변환된다. 독서를 배부른 짓으로 간주하는 시대일수록 책을 놓지 말아야 한다.

지독한 책읽기에 빠져 봐라. 그것은 너의 불행한 존재에 열정을 일깨워 줄 것이다. 그리고 프롤레타리아가 자신을 먹어 치울 준비를 하는 것에 맞서 일어서기 위해서는 그것이 필요하다.

루이 가브리엘 고니

⌀86

어떻게 이런 다양한 사람들이 모여서 요런 조합을 이룰까. 독서작문공동체 '삼다'를 꾸리면서 매번 감탄을 한다. 20대 청춘과 50대 지천명이 어울리고, 대학에 출강하는 박사님과 모르는 게 많아서 부끄럽다는 분이 친구가 된다. 외제차를 끌고 오는 분과 정부지원금으로 수강료를 내는 분, 독한 우울증을 앓는 분과 상담대학원을 다니는 분, 걸어서 5분 거리에 사는 분과 원주, 대전, 심지어 제주에서 날아오는 분까지, 모인 면면만큼 매주 써 오는 글도 각양각색이다.

졸업한 글벗님 한 분을 잊지 못한다. 평생 공장노동자로 살다가 뒤늦게 얻은 딸 하나를 홀로 키우는 '싱글맘.' 고졸에 가방끈이 짧아서 열등감이 있다고 토로했지만 누구보다 풍부한 감수성과 일상의 통찰을 담은 글을 토해 냈다. 허세와 먹물이 묻지 않은 문장은 뭇 글벗의 부러움을 샀다. 젊은 시절 시詩가 좋아서 공장 일이 끝나면 피곤한 몸을 이끌고 PC방에 가서 새벽까지 글을 읽고 글을 썼다고 한다. 그렇게 랑시에르가 말한 지성적 평등과 '프롤레타리아의 밤'을 손수 살아 냈다. 랑시에르 식으로 말하면, 시에 푹 빠져 밤을 새운 것은 소진한 노동력을 수면으로 회복하라는 자본주의에 저항하는 행위이며, 자신을 배제시킨 질서를 감성으로 넘어서는 초월적 활동이다. 일찍이 시와 문학을 사랑했기 때문일까, 남들과 비교할 법도 한데 자신의 삶에 자족하는 '급진적 감사'를 살아 낸다. 이런 분을 만날 수 있어 인생은 아름답다.

랑시에르의 책에 나오는 루이 가브리엘 고니라는 이름의 목수는 시간이 자신에게 속하지 않음을 알지만(시간이 내 것이 아닌 사람들이 너무 많다), 하루에 30분을 확보해 "시간은 나에게 속하지 않는다"라는 글을 쓴다. 이것이 그가 30분을 자신의 시간으로 삼는 방법이다.

밤의 시간을 자기 것으로 만들면서 노동자가 책을 읽고 쓴다는 것은 노동자가 생각한다는 것을 의미한다. 노동자는 생각한다. 고니는 말한다. "이제 우리의 슬픔은 최고이다. 왜냐하면 그 슬픔이 고찰되기 때문이다."

이 얼마나 가슴 벅찬 고백인가. '이제 우리의 슬픔은 최고다. 그 슬픔이 고찰되기 때문이다.' 혼잣말로 계속 중얼거리는 나를 본다. 이 땅에서 여자 혼자 딸을 키우기가 험악하기 이를 데 없지만 우리 글벗님이 슬픔을 고찰하며 살아가기를 두 손 모은다.

좋은 책을 읽기 위해서 나쁜 책을 읽지 않을 일이다. 그러기 위해서는 읽지 않고 지나는 기술이 필요하다. 그 기술이란 일시적으로 인기 있는 책에 함부로 손대지 말아야 한다. 흔히 바보스러운 독자들을 위해서 책을 쓰는 저자들이 흔히 많은 독자들을 가지고 있다는 사실을 깨달을 필요가 있다.

쇼펜하우어

087

책읽기는 베스트셀러로 시작해 스테디셀러로 넘어가고 마침내 고전에 정착한다고들 한다. 독서 여로에 첫걸음을 내딛은 이라면 손 가는 대로 읽어 재미를 붙이는 것이 먼저다. 엉덩이를 의자에 붙이고, 손아귀에 책을 쥐고, 손가락으로 책장을 넘기라. 몸이 그 자세를 기억하고 그리워할 때까지 읽으라. 이 과정에서 베스트셀러가 짭짤한 역할을 한다.

책 읽는 근육이 여물면 베스트셀러보다 단단한 책을 먹을 차례다. 베스트셀러는 좋은 책이되 적당히 좋은 책이기 쉽다. 독자의 사유를 벼리고 삶을 담금질해 주는 책, 그 과정에서 독자를 버겁게 하고 걸려 넘어지게 하는 진짜 좋은 책은 아무래도 많이 팔리기가 어렵다. 또 베스트셀러는 저자 혼자서 만들어 낼 수 없다. 베스트셀러를 기획, 생산하는 것도 능력이니 폄하할 맘은 없지만 "베스트셀러란 평범한 재능에 금색을 칠한 묘지"란 말도 있듯이 그 탄생 과정이 작위적인 것도 사실이다.

이 지점에서 어떤 책을 고르냐보다 어떤 책을 고르지 않느냐가 중요하다. 가토 슈이치는 "책을 읽지 않는 법은 책을 읽는 법보다 훨씬 중요하다"고 했다. 백 권에서 한 권을 골라 읽는 것은 나머지 99권을 읽지 않겠다고 결심하는 것이다. 한 사람의 사유는 어떤 책을 읽었는지가 아니라 어떤 책을 읽지 않았는지에 달려 있다.

한번은 복합상영관에 갔다가 자기네가 배급한 작품으로 상영관을 싹 도배하는 추태에 그냥 나와 버렸다. 기분 전환이나 할 겸 근처 대형서점에 들렀더니 거기선 대형출판사가 자기네 책을 특별판매대에 수북이 쌓아 둔 꼴을 본다. 베스트셀러에도 수작이 있겠지만 이런 식이니 더 손이 안 간다. "어떻게 그 책을 안 볼 수 있냐?"는 말이 나와도 개의치 않는다. 쇼펜하우어가 말한 '읽지 않고 지나는 기술'을 잘도 익힌 덕이다. 나중에 읽는다 해도 에머슨의 조언을 따라 출간한 지 1년은 지나야 펴 본다.

천만 관객 영화 한 편보다 백만 관객 영화 열 편이 영화생태계에 유익하듯 백만 명이 확인했다는 책 한 권보다 십만 부 책 열 권, 아니 만 부 책 백 권이 출판생태계를 살린다. 베스트셀러는 굳이 안 사도 괜찮다. 빌려 볼 데도 많고 거저 얻기도 쉽다. 그러니 매대에 놓기 바쁘게 나가는 책일랑 눈길만 한 번 주시고 숨은 양서를 입양해 주십사 넌지시 부탁드린다.

대만의 전방위지식인 탕누어는 베스트셀러 중심으로 운영하는 대형 프랜차이즈 서점을 벗어나 '서적 무정부주의자'가 되자고 호소한다. 소신과 색깔을 가진 지역 서점과 뜻밖의 횡재를 주는 헌책방에서 원시수렵방식으로 책을 채집하는 벗님들이 슬몃슬몃 불어나길 바란다.

처음엔 내가 책을 택하지만 언젠가부터
책이 나를 부릅니다. 이 책이 저 책을 낳고
한 권의 책이 숱한 책들의 도화선이 되어
책에서 책으로 꼬리에 꼬리를 물고 이어지는
독서의 연쇄가 일어납니다.

———
김이경˙

088

책읽기 여정은 살아 있는 유기체 같아서 계획대로 흘러가는 법이 없다. 생각지도 못한 책이 치고 들어와 필독서 목록을 흩어 놓고, 첫 학기에 만난 한 권의 책이 이후의 전공과 삶의 방향까지 바꾸어 놓는다.

처음엔 내가 책을 택하지만 언젠가부터 책이 나를 부릅니다. 이 책이 저 책을 낳고 한 권의 책이 숱한 책들의 도화선이 되어 책에서 책으로 꼬리에 꼬리를 물고 이어지는 독서의 연쇄가 일어납니다. 그리고 그 과정에서, 사소한 호기심으로 시작한 독서가 연쇄에 연쇄를 거듭하며 스스로도 놀랄 근원의 독서로 나아가기도 합니다. 베스트셀러나 추천도서 목록을 좇아 읽을 때는 경험하기 힘든 의외의 만남이고 시야의 확장이지요. 연쇄독서의 매력은 거기에 있습니다. 뜻밖의 책을 읽고 뜻밖의 세상을 만나고 뜻밖의 가르침을 얻는 즐거움, 연쇄독서에서만 느낄 수 있는 기쁨이라 할 수 있습니다.

— 김이경, 『마녀의 연쇄독서』

책이 책을 잉태한다. 이 세계에 발을 들여놓은 사람은 안다. 한 책이 다른 책을 지시하고 이 지시를 거역하기란 거의 불가능하다. 올해는 이런 책을 읽어야지 해 놓고는 목록 그대로 읽어 내려간다면 책의 지시등을 무시할 정도로 독한 사람이다.

학창 시절에 『꼬리에 꼬리를 무는 ○○』 시리즈를 즐겨 봤다. 단어가 단어를 낳는 꼬리물기는 언어의 바다가 출렁이는 한 끝이 없어 보였다. 책이 책을 낳는 꼬리물기 역시 무한궤도에 오른 듯 결코 멈추지 않는다. 책이 책을 지시하는 일을 그만두지 않는 한 독서의 여정은 언제나 '아직도 가야 할 길'로 남아 있다. 묘하게도 같은 책이 독자마다 다른 책을 소개한다. 그러다 보니 독자 수만큼이나 많은 연쇄독서가 존재하고 그만큼 이 세상은 풍요로워진다.

좋은 스승은 자신을 떠나게 하는 스승이요, 나쁜 스승은 자신을 더 의존하게 만드는 스승이란 말이 있다. 앙드레 지드는 『지상의 양식』에서 이렇게 말했다. "다 읽은 뒤에는 이 책을 던져 버려라. 그리고 나를 떠나라." 아무리 좋은 책이라도 뒤이어 읽을 책을 지시하지 않는다면 다른 고수에게 제자를 떠나보내지 않는 스승만큼 악하다.

처음 독서할 때 누구나 힘들다. 이 괴로움을 겪지 않고 편안함만 찾는다면 재주와 능력을 계발하지 못한다. 마음을 단단히 하고 인내하면 열흘 안에 반드시 좋은 소식이 있다. 이렇게 하면 힘들고 어려운 것은 점점 사라지고 드넓은 독서 세계에서 즐거움을 느낄 수 있게 된다.

———

홍대용

089

열흘만 참고 읽으면 독서 습관이 든다는 말을 하진 않겠다. 이 책을 읽는 독자라면 어느 정도 책과 가까울 테니 말이다. 다만 일정한 양이 쌓여야 질적인 도약이 가능하다는 '양질전환의 법칙'은 독서에서도 참이다. 말콤 글래드웰이 『아웃라이어』에서 주장한 '1만 시간의 법칙'을 두고 갑론을박이 여전하지만 독서든 연주든 꾸준한 연습으로 근육을 길러야 하는 것만큼은 분명하다. 『독서력』의 저자 사이토 다카시는 "별 부담 없이 책을 잡을 수 있고 일상 속에서 자연스럽게 읽을 수 있는, 독서가 습관화된 힘"을 독서력이라고 정의하면서 이를 장거리달리기에 빗댄다.

독서는 장거리달리기나 행군과 비슷하다. 날마다 달리고 조금씩 거리를 늘려 나가면 대부분 장거리달리기를 할 수 있게 된다. 독서의 세계에서는 그야말로 '꾸준히 하는 것'이 힘이 된다.

실제로 독서는 운동과 비슷하다. 운동해야지 하면서도 선뜻 시작하지 못하듯 책 읽어야지 하면서 책을 펴지 못한다. 큰맘 먹고 운동기구를 사서 얼마간 열심히 하다가 나중에 애물단지가 되듯 큰맘 먹고 전집을 사서 한동안 열심히 읽다가 나중엔 장식품이 된다. 조기축구회에서 남들과 같이 운동하면 재미를 붙이듯이 독서모임에서 함께 책을 읽으면 동기부여가 잘 된다. 꾸준히 운동을 하면 몸이 달라지듯이 독서를 뭉근하게 이어 가면 삶이 달라진다. 운동이 몸의 일부가 되면 나중엔 안 할 수가 없듯이 독서가 삶의 방식이 되면 나중엔 도저히 책을 놓을 수가 없다.

책 읽어야지, 읽어야지 하면서도 독서력을 기르지 못한 분들을 비난하지 않는다. 의지박약의 산증인이 될 요량도 아니면서 꾸준히 산에 오르자는 결심을 못 지키는 나와 다름없으니까. 그리고 독서가 산행보다 더 나을 것도 없으니까. 내가 산과 친해지려는 결심을 포기하지 않듯이 책과 친구가 되기까지 거듭 도전해 보기를 응원한다.

독서란 한 사람이 다른 정체성 속으로
들어가 태아처럼 그 안에 자리를 잡는
행위[다].

———————

파스칼 키냐르

090

　김대중 대통령은 가택연금을 당했을 때 직장인처럼 매일 아침
세안을 하고 정장을 차려입고 서재로 출근했다고 한다. 집에만 갇
혀 있다 보니 느슨해지는 마음을 다잡을 요량이었으리라. 나도 책
이 안 읽히고 글이 안 써지는 날이면 정갈하게 세안과 양치를 한
다. 의관을 정제하고 가방을 메고 문밖을 나선 다음 '나는 지금 작
업실로 출근한다'는 자기 암시와 함께 집에 돌아온다. 이런 시도
가 잠시 마음가짐을 새롭게 해 주지만 약발이 오래가진 않는다.
내가 침실을 지나치게 사랑하기 때문이다.
　이문재 시인은 책은 척추로 읽는다며 독서의 바른 자세를 강조

했지만 책은 소파나 침대에서 비스듬히 누워 읽어야 제맛이다. 바깥 일정이 없는 날이면 종일 눈곱도 떼지 않은 채 잠옷 바람으로 읽는 책이 그리 맛날 수 없다. 망구엘이 말했듯 침대와 책의 결합은 고향을 찾은 듯한 안온을 안겨다 준다. 요샌 좁은 방이지만 해먹까지 달아 놓고 동남아 기분을 내며 책을 읽는다.

내가 책읽기의 최적지로 이부자리를 꼽는 까닭이 따로 있다. 어머니 배 속의 태아처럼 몸을 옹동그리고 책을 읽으면 묘하게도 감정이입이 잘 된다. 나만 그런가? 문득 "독서란 한 사람이 다른 정체성 속으로 들어가 태아처럼 그 안에 자리를 잡는 행위"(파스칼 키냐르, 『떠도는 그림자들』)란 말이 떠오른다. 아, 그래서 배 속의 아기인 양 옹크리고 누우면 다른 이의 정체성에 터를 잡기가 수월했나 보다.

고대인들이 주검을 태아 자세로 놓고 매장한 것은 다시 태어나기를 구하는 일종의 기원이었다. 태아 자세로 책을 읽는 것 역시 다시 살아 보려는 무의식의 발로인지 모르겠다. 어머니 배 속에 있던 자세로 책을 읽고 일어서는 나는 아주 조금씩 거듭나는 것인지도 모른다.

책읽기에 가장 좋은 세 군데가 있다.
침상枕上, 마상馬上, 측상廁上이 그것이니
책을 읽고자 하는 뜻이 진실하다면
장소야 무슨 문제이겠는가.

―――――
구양수

091

사람마다 독서하는 처소가 각각이다. 첩첩산중 시골집이 으뜸
이란 이도 있고, 선술집처럼 시끄러운 곳이 좋다는 이도 있다. 요
샌 골목마다 들어선 카페가 독서가의 사랑을 받는다. 몇 시간 파
마하면서 읽으면 한 권은 거뜬하다는 미용실이나 무협지 읽기에
그만이라는 찜질방도 있다. 작은 기차역 대합실에서 하는 독서는
어쩐지 낭만적이다.

해변은 독서의 최적지다. 어느 가을날 포항의 한 대학에 특강을
하러 갔다가 학생에게서 자전거를 빌려 타고 근처 백사장에서 내
려 책을 읽었다. 규칙적인 파도 소리가 책읽기에 편안한 맥박을

선사한다. 산이나 공원도 책과 잘 어울린다. 고맙게도 우리집 뒷산이 북한산국립공원이다. 게으른 산행을 하다가 다리가 아프면 조용한 바위에 자리를 잡고 책을 꺼내 읽는다. 몸이 찌뿌둥해지면 다시 산행을 나서고 지치면 앉아서 또 책을 편다. 자전거를 몰고 나와 우이천변에서 읽는 책맛도 달다. 뉘엿뉘엿 사위는 볕이 수면에 잠기면 책장 넘기는 손길이 고즈넉해진다.

독서친화적인 전철은 장거리 이동 독서실이 되어 주기도 한다. 우리 동네 수유역에서 출발해 오이도나 안산까지 서울지하철 4호선 종점여행을 한다. 편도로 꼬박 2시간, 왕복 4시간이면 책 진도를 꽤나 뺀다. 독서삼매에 빠지다 허리가 배길 무렵이면 한강을 보며 몸 한번 펴 주고, 눈이 피로해질 즈음이면 대야미의 초록에 눈길을 준다. 가을에는 고잔역 근처 코스모스길을 거닐고, 출출하면 원곡동 다문화거리에서 이국음식으로 배를 채운다. 속독가인 지인은 순환선 예찬론자다. 지하철 2호선에 올라 제자리로 돌아오면 얼추 책 한 권은 뗀다고 자랑한다. 실제로 2호선을 타고 한 바퀴 돌며 함께 책을 읽는 모임도 있다.

수도원이나 암자는 독서에 제격이다. 개신교 수녀원 '동광원'의 홀로 떨어진 암자에서 비 오는 한 주간 내내 책을 읽었다. 언님(수녀님)이 신기한 표정으로 묻는다. "하루 종일 갇혀서 책만 보는데 지겹지 않으세요?" "너무 좋아요." 나는 환하게 웃으며 답했다. 펜실베이니아의 퀘이커 영성문화센터 '펜들힐'에 머물 때 볕 잘 드는 서재에서 책장을 넘긴 기억이 아늑하다. 운 좋게도 간디와 함석헌이 자던 방에서 묵었는데 책을 읽다 졸려 불을 껐더니 반딧불이가 날아다니며 내 꿈을 밝혀 주었다. 평생 못 잊을 추억이다.

"책 읽는 데에 어찌 장소를 가릴쏘냐?" 퇴계의 말이다. 독서에도 장소애場所愛(topophilia)가 작용하기 마련이지만 구양수의 말마따나 책을 읽고자 하는 뜻이 진실하다면 장소야 무슨 문제이겠는가. 책을 펴면 어디든 서재로 화化하는 것이 독서의 묘미가 아니겠나.

우리는 자신을 위해 무엇을 읽어야
하는지를 알아야 하고, 주변 사람들이 읽어야
하는 책이 무엇인지 알아야 한다.

마틴 로이드 존스

092

　돌아보면 청춘에 날 찾아온 이 글귀가 내 인생을 빚어 온 것 같다. 자신을 위한 책을 알고, 사랑하는 이들을 위한 책을 아는 것. 이것이 나를 사랑하고 이웃을 사랑하는 길이라고 믿었다. 먼저 무슨 책으로 나 자신을 먹여야 할지 찾았다. 밀러가 말했듯 "자기에게 필요한 양서를 구별할 줄 알아야 한다. 사람이 자기의 독자성을 확립해야 하"니까. 이어 결님들을 벼릴 책을 찾아 소개하고 선물했다. 사목 측면에서도 그랬다. 목회자라 해서 신앙의 모든 걸 알 수 없으니 시의 적절하게 책을 추천해 주는 것이 곧 목회라고 생각했다.

책을 건네는 손길은 고도로 지적이면서 고도로 관계지향적이다. 책을 권하는 행위가 성립하려면 책도 알고 사람도 알아야 한다. 폭넓은 독서가 뒷받침돼야 함은 물론이요, 한 사람을 내 관심의 자궁에 오래 품어야만 그에게 알맞은 책 선물이나 추천이 가능하다.『책 따위 안 읽어도 좋지만』을 쓴 하바 요시타카는 이러한 묘미를 아는 사람이다.

　당신 주변에서 '책은 안 좋아해'라고 말하는 사람에게 당신이 생각하는 한 권을 선물해 주자. 물론 마음에 새겨 둔 한 권도 좋지만 자신이 좋아하는 책보다는 상대의 이야기를 들어 보고 그 대화에서 번득여 열어 본 자신의 서랍 속 책을 소개하는 것이다. 누군가에게 추천할 책을 고민하는 것은 그 사람에 대해 깊이 생각해 보는 행위다. 여행지에서 그 사람을 생각하며 엽서를 쓰는 것과 같다. 오랫동안 책을 멀리한 사람도 먼 곳에서 보내 주는 엽서를 무시할 수는 없다. 그렇게 뜻하지 않은 곳에서 보낸 한 권이 요즘은 책을 안 읽는다는 그 사람을 다시 한 번 독서라는 즐거움으로 이끌 수 있을지 모른다. 직업적으로 노력하는 나뿐만 아니라 당신도 할 수 있는 일이다(물론 추천한 책이 장렬히 전사할 때를 대비해 다른 한 손에는 다음 책을 준비하는 것도 잊지 말 것).

　"또 책이냐? 쌓아 둘 데도 없는데…." 감사 대신 핀잔을 주지만 책 선물은 늘 고맙다. 그대가 이 책을 읽으며 나를 떠올렸다는 사실이 고맙고, 책의 한 구절을 굳이 나와 나누려는 열정이 고맙다. 읽어 보지 않은 책을 선물했다 한들 다르지 않다. 내게 무슨 책을 선물할까 한참을 고민했다는 사실이 못내 고맙다. 누군가 나란 사람을 남몰래 정성껏 위해 주었다는 사실에 감동을 받는 법이다. "밤중에 계속 걸을 때 도움이 되는 것은 다리도 날개도 아닌 친구의 발소리다"라고 한 이는 발터 벤야민이던가. 그 친구의 발소리를 책 선물에서 듣는다.　201

단 한 권의 책밖에 읽은 적이 없는
인간을 경계하라.

————

디즈레일리

∅93

    내가 그리스도교 신앙에 귀의한 데는 이 종교가 한 편의 서사란 점이 컸다. 배고팠던 어린 날 공짜 크림빵을 먹으러 교회에 나가던 코흘리개 시절부터 이미 성서는 내게 드라마로 읽혔다. 그 중심에 처형 장면이 있는 종교라니! 전율이 일었다. 말씀이 몸이 되어 이 땅에 왔다는 성육신도 신선했다. 신이 만질 수 있고 읽을 수 있는 책으로 우리에게 왔단 말 아닌가.

    그리스도교가 두 권의 책, 곧 신의 말씀의 책(성서)과 신의 창조의 책(자연)을 받는다는 점은 내가 종교를 잘 골랐단 확신을 더해 줬다. 이슬람교도가 그리스도인을 '책의 사람들'이라 부른다는 걸 알고선 기분이 좋았다.

오래지 않아 그리스도인이 왜 '책들의 사람'이 아니라 '책의 사람들'이라고 불렸는지 알게 됐다. 오직 성서만 받들고 다른 책은 멸망할 세상의 지식으로 취급하는 자들이 나의 동족이라니. 그 결과는 한 그리스도교인이 쓴 책 제목처럼 『무례한 기독교』다. 실제로 성경만 읽으면 다른 책은 안 읽어도 된다고 설교하는 동종업계 종사자들이 있다. '아, 저 인간들이 예수 얼굴에 똥칠하는구나.' 타락한 말을 번제로 사르고 태초의 말씀만 남겨 놓을 수 있다면 저들은 기꺼이 그리했으리라.

세상에 오직 한 권의 책만 거룩하고 다른 모든 책은 속되다고 외치며 영적 도취에 흥청대는 바보들은 모른다. '홀리' 바이블은 '언홀리'한 책을 경유해야 그 의미가 제대로 드러난다. 신의 거룩함이 세상의 속됨에서 가장 즐겨 드러나듯이 말이다. '한 권의 책'이 '숱한 세속의 책'을 통해 읽히지 않으면 종교 전쟁, 인종 말살, 자연 파괴 등을 정당화하는 악마의 책이 됨을 역사는 거듭 확인해 준다.

권정생 선생님은 『우리들의 하느님』에서 한 권의 책밖에 읽은 적이 없는 인간들이 성서를 제 입맛에 따라 어떻게 왜곡했는지 고발했다. "기독교 2천 년 역사 가운데서 예수님은 많이도 시달려왔다. 한때는 십자군 군대의 앞장에 서서 전쟁과 학살에 이용당하기도 하고, 천국 가는 입장료를 어마어마하게 받아 내는 그야말로 뚜쟁이 노릇도 했고, 대한민국 기독교 백년사에서는 반공이데올로기의 선봉장이 되어 무찌르자 오랑캐를 외쳤고, 더러는 땅투기꾼에게 더러는 출세주의자들에게, 얼마나 이용당하며 시달려 왔던가." 이것이 해석학에서 말하는 텍스트 학대 textual harassment가 아니면 무엇인가.

글 읽기도 술이 있으면 더 좋다.

허균

"으이구, 그놈의 술 먹을 시간에 책 읽고 공부했으면 뭐라도 됐지!" 어릴 적 옆집에서 자주 들려오던 소리다. 그 시대엔 북괴보다 술이 더 원수인 줄 알았다. 통념을 버리면 술과 책은 꽤 괜찮은 조합을 이룬다. 요즘 인기라는 책맥冊麥, 북맥book麥 혹은 책바冊bar라는 말이 회자되기 오래전에 음주독서를 즐긴 이들이 적지 않다.

허균은 『한정록』에서 술과 책의 '콜라보'를 이렇게 표현한다. "해가 져 더위가 가신 저녁 무렵 술 석 잔이면 기분이 좋아진다. 더위를 이기는 정말 좋은 방법이 독서인데 술까지 있으니 무슨 말을 더하랴." 허균이 「여름날 사흘 만에 술을 익히는 법」이란 글을 쓴 것은 어서 술잔을 기울이며 책장을 넘기고픈 심정의 발로였으리라.

중국 송나라 문인인 소동파의 아버지 소순흠은 저녁마다 술을 한 말이나 마시며 책을 읽었다. 이런 식이다. 『한서』 「장량전」에서 자객이 철퇴로 진시황을 치려다 실패하는 대목을 읽을작시면 "아깝다! 맞질 않았구나" 하면서 한 잔을 걸치고, 장량이 "처음에 신은 하비 땅에서 일어나 유留 땅에서 상上과 만났습니다. 이는 하늘이 저를 폐하께 준 것입니다"라고 말하는 대목에선 "임금과 신하가 서로 만나기가 이다지도 어렵구나" 하면서 다시 한 잔을 마셨다.

마르틴 루터는 아내 카타리나가 손수 빚은 맥주를 매일 2리터씩 마시며 많은 책을 읽고 썼다. 그는 "맥주가 인간을 구원에 이르게 하는 숭고하고 신성한 음료"라고 찬미했다. 괴테 역시 맥주를 예찬하면서 "책은 고통을 주지만 맥주는 우리를 즐겁게 한다. 영원한 것은 맥주뿐!"이라고 읊었지만 애서가이자 애주가인 그 역시 종종 책에 맥주를 곁들였으리라.

가스통 바슐라르는 "천국이 있다면 도서관 같은 곳일 것"이라고 했는데 그가 말한 천국은 전 세계 책은 물론 전 세계 술도 구비되어 한껏 읽고 마실 수 있는 곳이라 믿어 의심치 않는다. 사후 세계는 너무 멀다고? 그럼 퇴근 후 책 한잔 어떤가.

책 속에 길이 있다고들 그러는데, 내가
보니까 책 속에는 길이 없어요. 길은 세상에
있는 것이지. 그러니까 책을 읽더라도,
책 속에 있다는 그 길을 세상의 길과
연결을 시켜서, 책 속의 길을 세상의 길로
뻗어 나오게끔 하지 않는다면 그 독서는
무의미한 거라고 생각해요.

———
김훈

095

시간은 누구에게나 공평한 법이다. 성취에 빠지면 관계가 성기기 쉽고, 외면에 열중하면 내면이 헐겁기 쉽다. 읽기도 마찬가지다. 활자책 읽기에 집중하면 인생책 독해엔 소홀하기 마련이다. 내 젊은 시절이 그랬다. 일본의 소설가 마루야마 겐지가 20대의 나를 만났다면 탐탁지 않아 했으리라.

나는 심심풀이로 책을 읽는 것이 싫다. 그럴 시간이 있으면 오토바이를 타고 바람처럼 질주하는 편이 좋다. 그쪽이 훨씬 재미도 있고, 훨씬 감동적이다. 젊은 사람은 활자의 세계에 탐닉하는 것보다는 현실을 직시해야만 한다. 자신의 눈으로, 귀로, 온몸으로 현실이 무엇인지 확인해야 한다. 젊은 시절부터 주위에 언어의 성을 높이 쌓아 놓고 그 환상의 테두리 밖으로는 한 걸음도 나서려 하지 않으면서, 세상에 대하여 코멘트를 일삼는 것은 바람직하지 않다.

　― 마루야마 겐지, 『소설가의 각오』

한때는 공부하다 죽으면 그것도 순교라고 뇌까리며 몸이 축날 정도로 책을 팠다. 책에 길이 있다고 믿어서였다. 그런데 소설가 김훈은 말한다. "책 속에 길이 있다고들 그러는데, 내가 보니까 책 속에는 길이 없어요. 길은 세상에 있는 것이지. 그러니까 책을 읽더라도, 책 속에 있다는 그 길을 세상의 길과 연결을 시켜서, 책 속의 길을 세상의 길로 뻗어 나오게끔 하지 않는다면 그 독서는 무의미한 거라고 생각해요." 확실히 삶은 책을 넘어선 자리에 있다. 다행히 책과 삶을 절연하지는 않은 덕인지 지면紙面에 난 길과 지면地面에 난 길이 이어지고 개통됐다.

파울로 프레이리의 『문해교육』은 책읽기와 세상읽기의 관계를 모색한다. 부제부터가 '파울로 프레이리의 글 읽기와 세계 읽기'다. 그는 말한다. "세계 읽기는 항상 글 읽기에 선행한다. 그리고 글 읽기는 계속해서 세계 읽기를 내포한다." 나는 말한다. "삶은 책보다 앞서지만 책으로 포착되는 만큼만 살아진다." 결국 책 읽으란 얘기 아니냐고? 큭큭, 맞다. 그럼 읽기를 다룬 책에서 뭘 기대하는가?

나는 책을 읽을 때 타인들이 내 책을
그렇게 읽어 주기를 바라는 것처럼 매우
천천히 읽는다.

앙드레 지드

096

평범한 직장인 노릇을 그만두고 도서관에만 처박혀 3년간 1만 권의 책을 읽고 이후 한 주에 한 권씩 책을 찍어 내는 등 2년 만에 50권의 책을 냈다는 양반이 있다. 어떤 분이 조목조목 짚었듯 3년에 1만 권이면 1년에 3,333권이고 하루에 10권 내외를 읽어야 한다는 계산이 나온다. 먹고 자고 씻는 시간을 빼고 온종일 15시간을 독서에만 쏟는대도 권당 90분이 고작이다. 한 권을 300쪽이라고 하면 한 쪽을 18초 만에 읽어 치워야 하니 '기적의 독서법'이 아니라 '기계적 독서법'이 아닐까? 물론 모든 책을 정독할 필요는 없다지만 다독을 자랑할 심사가 아니라면 이렇게까지 해야 하나 싶다.

출판사는 특별판까지 만들어서 "'1% 비범한 당신'을 만드는 '48분 기적'의 프로젝트!"라고 홍보하는데 아무리 마케팅을 위한 카피라 하지만 심했다. 정작 저자는 "지식이나 교양을 쌓기 위해 수단으로 삼는 독서법, 독서를 목적 그 자체로 삼지 않고 출세의 수단으로 삼는 독서법"을 비판하는데 이야말로 유체이탈 화법이 아닌가.

저자에게 묻는다. 만약 독자가 당신이 3년에 1만 권 읽듯이 그런 식으로 당신이 쓴 책을 읽는다면, 곧 당신과 당신 책에 대한 존중 따위는 없이 얼마 안 되는 건질거리를 낚아 올릴 목적으로 한 쪽을 18초 만에 해치우듯 읽어 내려간다면 당신은 기쁘고 자랑스러운가. 남이 내게 대접하기 바라는 대로 남을 대접하라는 황금률은 독서에도 고스란히 참이다. 다시 한 번 지드의 말을 새긴다.

당신이 쓴 책을 당신이 지금까지 책을 대해 온 방식으로 읽는다면 기쁘겠는가. 나는 책을 읽을 때 타인들이 내 책을 그렇게 읽어 주기를 바라는 것처럼 매우 천천히 읽는다.

책을 얼마나 많이 읽었는지 떨뜨리는● 이는 책을 착취할 뿐이다. 착취에는 존중이 없다. 푸드파이터처럼 책을 먹어 치울 요량에는 책을, 저자를, 독서를 향한 존중이 들어설 자리가 없다. 독서를 착취하는 이들은 책에게 보복을 당한다. 홍수에 마실 물 없다고 넘치는 책 더미 속에서 평생 곁에 두고 반려할 '한 권의 책'을 찾지 못한다. 찾지 못한다기보다 책에게 외면을 당하는 것이다.

●떨뜨리다: 젠체하여 위세를 드러내며 뽐내다.

독서한 내용을 모두 잊지 않으려는 생각은
먹은 음식을 모두 체내에 간직하려는 것과
같다.

─────────

쇼펜하우어

097

　"책에서 읽은 걸 어떻게 다 기억하세요?" 강의나 설교 후에, 혹
은 일상 대화 자리에서 자주 듣는 말이다. 비결이라면 가슴에 물
자국을 만든 구절을 곱씹고 되새김질하는 것이리라. 노트북이나
공책에 옮겨 놓고 심심할 적마다 꺼내 음미하면 어느새 머릿속에
옮겨 와 자리를 잡는다. 하지만 열 번 찍어도 내 기억의 영토로 안
넘어오는 고집 센 문장이 있다.

　그러니 시험공부가 얼마나 아이들을 미치게 하는 것이냐. 집에
서 애들 공부를 가르치다 보면 나도 모르게 욕이 나온다. 과목마
다 외워야 할 게 너무 많아서 차마 "이거 다 외워야 해"라는 말이

안 떨어진다. 부모가 모질지 못해서 애들 성적이 별로인진 모르겠다만 암기도 정도껏이지 잔인할 정도다. 한번은 현직 학교 선생님에게 100점 맞는 애들이 불쌍하다는 얘길 들었다. 100점 맞기 어렵게 하려고 한 문제 정도는 교과서 구석에서 아무도 주목하지 않을 내용으로 출제하는데 그걸 또 맞히는 애들이 있단다. 이런 문제까지 맞히려고 머리를 싸매며 책을 통째로 외운 아이를 생각하면 가슴이 시큰하단다.

애들은 시험이 끝나자마자 공부한 걸 다 잊어버린다. 일종의 게워 내기다. 실제로 과식하거나 음식을 잘못 먹었을 때 토사곽란에 걸리지 않으면 사람이 죽을 수 있다. 뇌가 터지도록 지식을 욱여넣고 잊지 않으면 미쳐 버린다. 망각이 살게 한다.

책을 읽는 이상 모든 페이지에 의미가
있을 것이라고 생각하는 자린고비의
경우다. 이것은 책을 한번 읽기 시작하면
반드시 마지막 페이지까지 읽어야 한다고
생각하는 것 못지않게 자린고비다.

───────────

시미즈 이쿠타로

098

   삶의 매순간이 반짝이길 바랐다. 내가 멈추는 자리마다 의미가
꽃피길 구했다. 30대 중반까지 그렇게 살았고 놀랍게도 그런 기
대가 충족됐다. 40대에 우울증과 공황장애의 방문을 받고는 치료
상담을 3년가량 받았다. 처음 몇 달은 왜 상담을 받아야 하느냐
고 투덜댔다. 뭐 하나 얻어 가는 것도 없이 한 시간에 7만 원이나
쓰며 이걸 왜 해야 하나 싶었다. 차라리 사려 깊은 지인과 속 깊은
이야기를 나누는 편이 훨씬 유익했다. 고마운 후배가 미리 상담료
를 내 놨다며 떠밀지 않았다면 진즉에 발걸음을 끊었으리라. 그렇
게 시작한 상담에 3년이란 시간과 1천만 원 가까운 돈을 들여 얻

은 가장 큰 소득은 어이없게도 평범한 시간을 받아들이게 된 것, 특별한 순간이 언제쯤 나오려나 조바심 내지 않게 된 것이다. 아주 가끔은 상담 선생의 말에 뒤통수를 맞은 것 같은 각성을 하고 집에 오는 버스에서 눈물을 펑펑 흘리기도 했지만 대부분의 상담 시간은 극히 평범했다. 극적이고 감동적인 순간이 아니라 없어도 그만인 시간이 나를 치유하고 회복시켰음을 이 우매한 사람은 이 제야 깨우친다.

일본의 호시노 도미히로는 중학교 교사 시절 학생들에게 기계 체조를 가르치다 철봉에서 떨어져 전신마비 판정을 받는다. 절망의 나락에서 평범함의 소중함을 깨닫고 「일일초」란 시를 쓴다.

오늘도 한 가지 / 슬픈 일이 있었다. / 오늘도 또 한 가지 / 기쁜 일이 있었다.// 웃었다가 울었다가 / 희망했다가 포기했다가 / 미워했다가 사랑했다가// 그리고 이런 하나하나의 일들을 / 부드럽게 감싸 주는 / 헤아릴 수 없이 많은 / 평범한 일들이 있었다.

독서도 그렇다. 예전엔 책장마다 배움과 감동이 쓰나미로 몰려오는 책에 찬사를 바쳤다면 이제는 평범한 문장이 이내 삶을 감싸 주고 받아 주는 것이 못내 고맙다. 니체는 말했다. 자신이나 자신의 작품을 지루하다고 느끼게 할 용기를 갖지 못한 사람은 예술가든 학자든 하여튼 일류는 아니라고. 처음부터 끝까지 반짝이는 문장으로 가득 찬 책이 아니라 독자가 지루함을 감내하게 하는 작품과 저자가 웅숭깊다. 모든 지면에서 감동을 찾는 독자는 자린고비일 뿐 아니라 일류를 알아보는 감식안도 부족하다.

어떤 의미에선 책에서 무엇을 얻어 내느냐가 아니라 책 읽는 행위 자체가 점점 더 중요해진다. 책을 읽는 평범한 시간 자체가 나를 보듬고 싸매 준다. "이런 하나하나의 일들을 / 부드럽게 감싸 주는 / 헤아릴 수 없이 많은 / 평범한 독서가 있었다."

그해 여름 나는 내 아버지의 모든 것을 용서했다. 아버지가 아무리 독재적으로 포악하게 행동해도 참고 견디기로 마음 먹었다. 따지고 보면 아버지의 영혼을 마비시키는 그 노동 덕분에 나는 글을 읽을 시간이 있었고, 그 때문에 나의 삶이 아버지의 삶보다 더 나으리라고 확신할 수 있었던 것이다.

마이클 더다

099

서평가로 퓰리처상까지 받은 마이클 더다는 아버지를 미워했다. 철강노동자인 아버지는 고된 일을 견디며 가족의 생계를 책임졌지만 밖에서 쌓인 고단함을 가족에게 풀었다. 신경질적인 아버지가 집에 돌아오면 가족들은 오늘은 무슨 일이 벌어질까 긴장했다. 하루는 아버지 공장의 열악한 환경을 목도하고 "사탄같이 검은 공장"이라는 구절이 시적인 표현이 아님을 절감한다. 자신이 안온하게 독서에 몰두할 수 있었음은 미워하던 아버지의 희생 덕이었음을 고백한다. 방에 틀어박혀 책만 읽는다고 구박하면서도 매번 필요한 전집을 구해 준 것 역시 아버지였다.

내 아버지는 반대였다. 가족의 생계를 적극적으로 짊어지지 않아서 고해의 무게추가 어머니에게 기울었다. 엄마를 고생시키면서 걸핏하면 소리를 지르는 아빠가 많이 미웠다. 그렇다고 더다의 아버지처럼 책을 사 주지도 않았다. 아, 딱 한 번 10권 전집을 사 준 기억이 난다. 하루는 어떤 아저씨가 교실에 와서 책 홍보를 했다. 세상에서 가장 무서운 이야기, 세상에서 가장 신기한 이야기, 세상에서 가장 슬픈 이야기 등 세계의 전설과 민담을 모아 놓은 시리즈였다. 나는 거기에 꽂혔고, 집에 와서 부모님 앞에 울며 떼를 썼다. 여태 책을 사 준 적이 한 번도 없지 않느냐는 말이 두 분 사이를 오가더니 웬걸, 주문서를 작성하셨다. 책을 받아 보니 어린 내가 보기에도 인쇄며 조판이 조악했지만 책장에 꽂아 두니 너무 근사해서 마르고 닳도록 읽고 또 읽었다. 내가 대학원에서 신화와 설화 같은 고전서사를 전공한 것은 이 시절의 영향이었는지도 모른다.

나중에 또 책을 사 달라고 하자 두 분은 한숨을 푹 쉬더니 며칠 뒤에 나를 어디론가 데려갔다. 아버지 지인 댁이었다. 고등학생 형이 "네가 그렇게 책을 좋아한다며?" 하더니 아무 책이나 편하게 빌려 가 읽으라고 했다. 어린 내 눈에 책장이 어찌나 크던지. 그토록 갖고 싶던 계림문고 250권 전집도 갖추고 있었다. 마이클 더다의 아버지처럼 매번 책을 사 주진 못했지만 맘껏 책을 빌려 볼 수 있게 해 주신 아버지 덕에 독서에 몸을 담글 수 있었다. 지면을 빌려 사례한다.

하나밖에 없는 아들에게 거는 기대가 컸음에도 아버지는 단 한 번도 무슨 대학을 가라, 뭐가 돼라 하신 적이 없다. 대학 졸업반 땐 "집안 형편상 취업하면 좋겠다"고 하셨지만 막상 대학원에 가자 축하해 주셨다. 나중에 전공을 바꿔 유학을 갈 때도, 무신론자의 아들이 목회자가 될 때도 아무 말씀을 하지 않으셨다. 내가 원하는 길을 가도록 묵묵히 지켜봐 주신 것만으로도 아버지는 내게 깨끗한 사면을 받았다. 나이를 먹을수록 그 일이 못내 고맙다.　215

어떻게 해서든지 읽지 않으면
안 되겠다는 생각으로 읽는 책은
결코 좋은 벗이 되지 못한다.

W. D. 하우엘즈

100

우리 시대의 고전 반열에 올려야 한다고, 죽기 전에 꼭 읽어야 할 책이라고, 그렇게 남들이 상찬하는데 유독 내게 호락호락하지 않은 책이 있다. 한때는 꾸역꾸역 억지로 책장을 넘겼지만 더는 그러지 않는다. 이번에도 구원자로 등장하는 우리의 몽테뉴. "글을 읽어 나가다가 어려운 구절에 부딪히면 나는 손톱을 깨물며 꾸물대지는 않는다. 나는 한두 번 공격해 보다가 집어치운다." 역시 시원시원하다.

시미즈 이쿠타로도 이런 상황에 딱 맞는 답을 준다. "그 책이 아무도 모르는 고전이든 세상에서 큰 호평을 받은 명저이든 자기 마음의 톱니바퀴와 적절히 맞물리지 않는 책은 내던지는 편이 좋다. 패배감이나 열등감 따위는 느낄 필요도 없다." 의무적인 독서를 미신이라고 보는 보르헤스도 한 말씀 거든다.

난 의무적인 독서가 잘못된 거라고 생각해요. 의무적인 독서보다는 차라리 의무적인 사랑이나 의무적인 행복에 대해 얘기하는 게 나을 거예요. 우리는 즐거움을 위해 책을 읽어야 해요. 나는 약 20년 동안 영문학을 가르쳤는데, 늘 학생들에게 이렇게 말했어요. "책이 지루하면 내려놓으세요. 그건 당신을 위해 쓰인 책이 아니니까요. 하지만 읽고 있는 책에 빠져드는 걸 느낀다면 계속 읽으세요."

친해지고 싶어서 다가간 사람에게 냉대를 당하고는 내가 그렇게 못난 사람인가 싶어 밤잠을 설친 기억이 난다. 나랑 결이 안 맞거나 인연이 아니라고 생각하면 그만인데 거절당함은 꼭 자존감에 화살을 겨눈다. 마찬가지다. 책이 나랑 궁합이 안 맞거나 내게 몽니를 부릴 수도 있는데 책에게 거절당했다 생각하면서 자신감을 잃은 것 같다. 내가 만민에게 사랑받을 수 없고 그럴 필요도 없듯이 모든 책이 나를 환대해 줄 수도 없고 그럴 필요도 없다. 그러니 밥벌이로 책을 읽는 사람이 아니라면 안 읽히는 책을 굳이 붙들고 끙끙대지 말 일이다.

다니엘 페나크는 독자의 10가지 권리 중 세 번째로 '끝까지 읽지 않을 권리'를 꼽으면서 이렇게 말한다. "좋은 책들은 나이를 먹지 않는다. 좋은 책들이 책장에서 우리를 기다리는 동안 나이를 먹는 것은 바로 우리들이다. 그 책들을 읽어도 좋을 만큼 충분히 성숙했다고 여겨질 때, 우리는 다시 한 번 새로이 시도를 한다." 그날을 기대하며 오늘의 책을 읽자.

네가 이해할 수 없는 부분에 대해서는
걱정하지 마라. 의자에 깊숙이 앉아서,
그냥 그 말들이 네 온몸을 촉촉하게 적시게
내버려 두는 거야. 음악처럼 말이다.

로알드 달, 『마틸다』 중에서

1Ø1

책을 읽다가 난해한 대목이 나오면 끝까지 물고 늘어지는 사람
도 있고 슬그머니 넘어가는 사람도 있다. 정약용은 아들 정학유
에게 당부했다. "수천 권의 책을 읽어도 그 뜻을 정확히 모르면 읽
지 않은 것과 같으니라. 읽다가 모르는 문장이 나오면 관련된 다
른 책들을 뒤적여 반드시 뜻을 알고 넘어가야 하느니라." 어떻게
든 끝을 보는 자세가 항시 선은 아니기에 모두가 이를 따르진 않
는다. 일본의 대표 지식인인 가토 슈이치는 대척점에 서 있다. "나
에게 어려운 책은 불량한 책이거나 불필요한 책이거나 둘 중 하나
다." '독서만능'으로 책읽기 고수의 반열에 오른 사람이라 그런지

역시 자신감이 넘친다.

그렇다 해도 뭔가 찝찝함이 남는다면 제3의 길을 찾아보자. 나의 선택은 로알드 달이 쓴『마틸다』에 나온다. 다섯 살의 어린 마틸다가 도서관 사서인 펠프스 여사와 나눈 대화는 애서가라면 그냥 지나치기 힘들다.

"헤밍웨이는 제가 이해 못 하는 많은 것들을 얘기하고 있어요. 특히 남자와 여자에 대해서요. 그래도 전 헤밍웨이의 작품이 마음에 들어요. 헤밍웨이가 이야기를 쓰는 방식은 제가 꼭 그 일이 일어나고 있는 장소에서 그 광경을 직접 보고 있는 것처럼 느끼게 만들어요."

"훌륭한 작가는 독자를 언제나 그렇게 느끼게 만들지. 그리고 네가 이해할 수 없는 부분에 대해서는 걱정하지 마라. 의자에 깊숙이 앉아서, 그냥 그 말들이 네 온몸을 촉촉하게 적시게 내버려 두는 거야. 음악처럼 말이다."

펠프스 여사의 현답에 감사한다. 이해에 포섭되기를 거부하는 문장에 몸을 담그자. 푹 꺼지는 소파에 몸을 묻듯이 말이다. 문장에 몸을 적시다 보면 시나브로 이해가 스미는 날도 오겠지.

톨레 레게! 집어서 읽으라!

아우구스티누스, 『고백록』 중에서

아우구스티누스는 풀리지 않는 인생의 문제로 고통스러워한다. 자신에게 답답해서 무화과나무 아래에서 운다. 자신이 언제 바뀔 수 있는지, 아니 바뀔 수나 있는지 그는 묻고 몸부림친다. 그러다가 운명처럼 들려 오는 '톨레 레게.' 『고백록』에서 내가 가장 사랑하는 대목을 내가 옮긴 사역私譯으로 읽어 본다.

바로 그때였다. 이웃집에서 목소리가 들렸다. 소년인지 소녀인지 알 수 없지만 노래 부르는 것처럼 반복해서 들려왔다. "집어 들고 읽으라, 집어 들고 읽으라"tolle lege, tolle lege. 나는 곧 안색을 바꿔 아이들이 어떤 놀이를 하면서 저런 노래를 부르는지 곰곰이 생각해 봤지만 들어 본 기억이 나지 않았다. 나는 솟구치는 눈물을 그치고 일어섰다.

톨레 레게. 아우구스티누스는 목소리에 반응했다. 집어 들고 읽은 그는 더 이상 이전과 같은 사람이 아니었다. 여러분도 그렇게 하기를. 의무감에서든 죄책감에서든 스마트폰 좀 그만 내려놓고 책을 집어 들라는 자아의 음성이 들리는 순간이 있을 게다. 책을 우위에 두는 것이 아무래도 지성을 숭상하는 이 사회의 지배적인 가치관에 포섭되었기 때문일 수도 있지만 동기야 어쨌든 '집어서 읽으라'는 정언명령을 애써 무시하지 말고 화답하길 바란다. 물론 아우구스티누스처럼 극적인 변화는 기대하지 말라. 아무 소득도 없을 때도 많다. 하지만 내면의 소리를 따랐다는 것만으로도 더는 이전의 내가 아님을 안다.

나는 한 권의 책을 책꽂이에서 뽑아 읽었다.
그리고 그 책을 꽂아 놓았다.
그러니 나는 이미 조금 전의 내가 아니다.
— 앙드레 지드

운동할 시간이 없다는 사람은 반드시
아픈 시간이 있을 것이다.

───────────────

잉글랜드 의사의 격언

1ㅇ3

    꾸준히 책을 읽으려면 몸을 잘 돌봐야 한다. 당연하지만 너무나 쉽게 간과하는 이치다. 『공부하는 삶』의 저자 세르티양주 신부는 공부와 신체의 관계를 명확히 짚어 낸다. "지적 작용은 생리 현상 한가운데서 일어나며, 더구나 생리 현상의 연속선상에서 생리 현상에 의존하여 일어난다." 신부님답게 "당신의 잘못으로 건강이 나빠진다면 그것은 신을 시험하는 아주 큰 죄"라고 경고한 다음 친절한 요령을 들려준다. 소화하느라 인생을 낭비하지 않도록 식사는 가볍게 하고(맞다. 배가 너무 부르면 책이 잘 안 읽힌다), "되도록 신성한 공기 속에서 지내라. 공부의 중추인 집중력이 호흡과

밀접한 관련이 있다는 것은 공인받은 사실"이라며 환기의 중요성을 일깨운다. 특히 잉글랜드 의사의 격언 "운동할 시간이 없다는 사람은 반드시 아픈 시간이 있을 것이다"를 들먹이며 운동을 강권한다.

이런 충고가 노老신부님의 잔소리가 아님은 역대 독서가와 사상가 들이 산책 같은 운동을 평소 꾸준히 해 왔다는 것을 보면 안다. 몽테뉴는 『수상록』에서 "다리가 흔들어 주지 않으면 정신이 움직이지 않는다"고 했고, 칸트는 산책 시간에 맞춰 동네 사람들이 시계를 맞출 정도였고, "걸을 때 가장 좋은 생각이 떠오른다"고 한 키르케고르는 물리적·정신적 자극을 위해 꾸준히 걸었다. 니체는 "정말로 위대한 사상은 모두 걷는 가운데 잉태되었다"고 했는데 거기엔 자신의 경험도 들어가 있다.

읽기와 걷기는 어깨를 겯고 나란히 간다. 글밥 먹고 사느라 책상에 기생하는 이들은 꼭 걸어야 한다. 나도 틈이 나면 골목길을 누빈다. 대로가 아닌 골목을 택하는 까닭은 손바닥만 한 자리라도 나면 꽃과 푸성귀를 심는 서민의 마음결이 거기 있기 때문이다.

흔히 '독서는 홀로, 산책은 함께'라지만 실은 '독서는 함께, 걷기는 홀로'가 낫다. 루소에서 스티븐슨 혹은 소로에 이르기까지 혼자 걷기의 옹호자가 적지 않다. 이 시대에 희소해진 침묵과 명상의 기회가 동행이 없는 고독한 걸음에 반려한다. 누군가 옆에서 보폭을 맞추면 의사소통의 의무가 발생하고, 이 의무는 독보獨步가 선사하는 유유자적한 멋을 훼손한다.

다비드 르 브르통의 말을 들어 보자. "비록 간단한 산책이라 하더라도 걷기는 오늘날 우리네 사회의 성급하고 초조한 생활을 헝클어 놓는 온갖 근심걱정들을 잠시 멈추게 해 준다. 두 발로 걷다 보면 자신에 대한 감각, 사물의 떨림들이 되살아나고, 쳇바퀴 도는 듯한 사회생활에 가리고 지워져 있던 가치의 척도가 회복된다." 그러니 지금 이 책을 덮고 나가라. 그대의 발로 대지와 무수히 입 맞추라.

어릴 때, 선생님이 다음과 같이 가르쳐
주셨다. 죽도록 책만 읽거나死讀書, 죽은 책을
읽거나讀死書, 책만 읽다가 죽지讀書死 말라.

———
천쓰이

104

"책은 그렇게 많이 읽으면서 사람이 왜 그 모양이냐!" 청년 시절 엄마한테 자주 듣던 말이다. 내가 괜한 혈기를 부리면 어김없이 나오던 지청구다. 배움과 행함을 한데 묶는 건 동서양을 막론하고 오래된 전통이다. 어쩌면 인류에게 '지식'이라는 개념이 생기자마자 '실천'이라는 문제가 등장했으리라. 지행합일知行合一이냐 선지후행先知後行이냐를 다투지만 앎과 행함의 일치를 학인學人의 마땅한 도리로 봄은 일반이다. 중국 송나라의 여회는 "많은 분량을 독서할 필요는 없다. 한 자字를 읽었다면, 그 한 자를 실천하는 것이 더 중요하다"고 했고 정이는 "한 자尺 분량의 책을 읽은 것보다 한 마디의 작은 일이라도 실천하는 것이 낫다"고 가르쳤다.

읽은 대로 살고자 분투했다. 말 그대로 몸부림을 쳤다. 그때마다 읽기 자체가 실천의 방편일 수는 없는지 자문하곤 했다. 그 정도 고민이야 이미 다 뗐다는 듯 이익은 『성호사설』에서 말한다. "독서란 '앎'과 '실천'을 겸해서 한 말이다. 궁리하고 사색하며 독서하는 일을 배우는 것은 '앎'인가 아니면 '실천'인가? 독서는 몸으로 배우는 것도 있고, 마음으로 배우는 것도 있다. 따라서 독서는 모두 '실천'이라고 할 수 있다." 그렇다. 읽어 내는 행위 자체가 살아 내는 행위다. 앞에서 다뤘듯이 독서는 우리 시대를 거스르는 실천이다. 남보다 앞서고자, 더 높이 오르고자 잠시도 멈추지 못하는 신경증을 내치고 가만히 앉아 기꺼이 비생산적이기를 선택하는 행위가 독서다. 간서치看書痴, 곧 '책만 읽는 바보'란 말에서 드러나듯 책을 생활의 중심에 놓는다는 것은 이런 시대에 바보가 되기를 자청하는 것이다.

나는 행하기 위해 책을 읽지 않는다. 굳이 말하자면 쾌락을 위해 읽는데 자꾸 실천을 끌어들여 독서를 폄하하는 치들이 싫었다. 이를테면 실학자로서 홍대용을 좋아하지만 "독서는 장차 진리를 명백하게 밝혀 온갖 일에 적용하기 위해서 하는 것이다"라는 그의 독서론에 반대한다. 하지만 종교 경전을 비롯해 삶을 논하는 숱한 책을 읽으면서, 또 읽기를 다루는 이 책을 쓰면서도 틈만 나면 어떻게 살아야 할지 주제넘은 훈수를 두면서 독서와 실천이 별개라고 말하려니 겸연쩍다.

읽은 대로 고스란히 살아 내야 한다는 법은 없다. 하지만 책을 읽고 싶어도 책이 삶에 들어설 여지도 없이 사신 어머니 같은 분들을 생각하면 책이 허락된 나 같은 인생들은 독서의 일부라도 삶으로 화답하는 것이 도리가 아닐까. 운 좋게도 내가 책을 벗할 수 있는 자리에 놓였다면 그러지 못한 이들의 몫까지 읽고 살아 낼 책임이 조금은 있지 않을까(이렇게 말하면 역시 과잉대표성이려나).

225

그들은 읽었습니다. 읽어 버린 이상
고쳐 읽지 않으면 안 됩니다. 고쳐 읽은 이상
고쳐 쓰지 않으면 안 됩니다. 읽은 것은
굽힐 수 없습니다. 그렇다면 쓰기 시작해야만
합니다. 반복합니다. 그것이, 그것만이
'혁명의 본체'입니다.

———————

사사키 아타루

105

 내가 좀 교만하다 보니 세계적 석학이 와도 그러려니 하는데 사
사키 아타루 선생이 방한할 적엔 굳이 찾아갔다. 독서에 의미를
부여하는 숱한 사람을 봐 왔지만 이런 양반은 처음이다. 책읽기가
혁명이라고 태연하게 말한다. 뭐지? 이 상상력은? 내남이 인정하
는 지식인이자 책을 몇 권이나 낸 지인은 뺑이 심하다고 할 정도
였다. 『잘라라, 기도하는 그 손을』은 엄혹한 현실 앞에 마음을 곧
추 모아 기도하는 두 손이 아니라 책을 읽고 또 읽고, 고쳐 읽고
다시 고쳐 쓰는 두 손이 세상을 뒤바꾼다고 말한다.
 코웃음을 칠 사람들에게 사사키 아타루는 혁명을 재정의한다.

"과거의 혁명이 아무리 피로 물들었다고 하더라도 혁명의 본질은 폭력이나 주권 탈취가 아니라 텍스트를 다시 쓰는 것이라는 개념"이며, 우리는 그곳에 도달하지 못했다고 단정한다. 실제로 그는 마르틴 루터, 무함마드, 니체, 도스토옙스키, 프로이트, 라캉, 버지니아 울프 등이 어떻게 읽고 써서 혁명을 일으켰는지 설득력 있게 변증한다. 읽고 쓰는 그 흔해 빠진 행위가 얼마나 무서운지를 생각하매 문득 옷깃을 여민다.

책을, 텍스트를 읽는 것은 광기의 도박을 하는 일입니다. 그리고 그렇게 읽어 버린 이상 그것에 목숨을 버리지 않으면 안 되고, 따르지 않으면 안 됩니다. "나, 여기에 선다. 나에게는 달리 어떻게 할 도리가 없다."

이 대목에서 아룬다티 로이가 "일단 그것을 본 다음에는 안 본 것으로 할 수가 없다"고 한 것을 떠올린다. 찰스 스펄전은 "철저하게 읽어라. 몸에 흠뻑 밸 때까지 그 안에서 찾아라. 읽고 또 읽어 되씹어서 소화해 버려라. 바로 여러분의 살이 되고 피가 되게 하라"고 했는데 그 정도로 읽으면 새로 쓸 수밖에 없고 그렇게 사는 수밖에 다른 수가 없다. 세상의 모든 독서는 자신을 혁명하고 세상을 혁명하는 가공할 잠재력이다. 독서가 매사 진지하고 심각해져서 책장을 넘기는 무구한 쾌락을 힐난해서는 안 되지만 독서의 혁명성을 스스로 불임해서도 아니 된다. 사사키 아타루의 말마따나 텍스트를 읽는다는 것은 이 정도의 일이니까 말이다.

텍스트를 읽는다는 것은 그런 정도의 일입니다. 자신의 무의식을 쥐어뜯는 일입니다. 자신의 꿈도 마음도 신체도, 자신이 살고 있는 세계 일체를, 지금 여기에 있는 하얗게 빛나는 종이에 비치는 글자의 검은 줄에 내던지는 일입니다.

모순되고 복잡한 사실들을 마음속에 공전시키는 것. 독서로 기를 수 있는 것은 바로 이 복잡성의 공존이다. 복잡성을 공전시키면서 서서히 나선 모양으로 상승해 가야 한다. 그래야 강인한 자아를 기를 수 있다.

사이토 다카시

1Ø6

왜 이렇게 답에 인색하지? 청춘의 후반기였으리라. 속 시원한 답을 주던 책이 언제부턴지 삶은 그렇게 단순하지 않다는 둥 알아듣지 못할 얘기만 했다. 내가 그렇게 읽은 건지 내가 그런 책만 고른 건지는 모르겠다. 혼돈한 독서를 계속하던 어느 날, 모범답안보다 더 귀한 것을 주더라. 세상의 모순과 내면의 모순을 해소해 주진 않았지만 그 모순'들'이 기숙할 공간을 이내 가슴에 한 뼘 마련해 주었다.

모순은 긴장을 유발한다. 나를 불확실성으로 몰아넣고 그 안에서 늘 구도하는 자세로 살아가라고 요구한다. 그 속에서 여전히 명쾌한 답을 찾는 나를 본다. 이해는 간다. 안 그래도 복잡한 세상 신경 쓸 것도 많은데 정신의 군웅할거 시대가 달가울 리 없다. 액션 영화의 주인공이 거치적거리는 놈들을 싹쓸이할 때 통쾌함을 느끼듯이 나의 확신이 복잡다단한 고려요소를 날려 버릴 때 맛보는 희열이라니. 프랑스 철학자 발리바르는 신新인종차별을 논하는 글에서 사회관계에 대한 '즉각적인 지식'을 폭력적인 욕망으로 보았다. 발리바르를 인용할 것도 없다. 한 사안에 관한 즉각적인 지식과 한 사람을 향한 단정적인 발언이 얼마나 폭력적인지 경험으로 안다. 인터넷에 올라온 글 한두 편을 읽고 자신의 입장을 확정한 다음 거기에 맞춰 네 편 내 편을 가르는 이들이 너무 많다. 피아식별이 곤란한 경우에도 가차 없다. 누구든 자신의 감별기에 쑤셔 넣고 거기에서 삐져나오는 의견은 프로크루스테스의 침대처럼 잘라 버린다.

자신의 입장이 분명하지 않을 때 우리는 바보처럼 느낀다. 사안이 첨예하게 대립할수록 '네 위치가 어딘지 정해!'라는 무언의 압박을 받는다. 즉각적인 지식의 유혹에 빠지는 이유다. 하지만 조금만 들여다보면 안다. 세상이든 자신이든 모순과 역설의 덩어리라는 사실을. 당장 나 자신만 해도 그렇다. 이 세상에 단 한 명이라도 나를 이해해 주길 처절하게 바라면서도 『금각사』의 유명한 구절처럼 "남들에게 이해되지 않는다는 점을 유일한 긍지"로 여긴다. 독서는 이렇듯 양립할 수 없는 것들이 삶을 헝클어 놓더라도 성급하게 해소하려 드는 대신 그대로 둘 수 있는 힘을 준다. '불확실성의 고통'을 견딜 뱃심을 길러 준다고 할까. 사이토 다카시도 "모순되고 복잡한 사실들을 마음속에 공전시키는 것. 독서로 기를 수 있는 것은 바로 이 복잡성의 공존"이라고 말했다.

게오르그 지멜은 말했다. "인간의 가능성은 무한하다. 이와 모순되게 보이나 인간의 불가능성도 무한하다. 이 양자 사이에 그의 고향이 있다." 책은 그 고향으로 가는 귀향길로 손잡아 끈다.

'교양서'를 읽을 때에는 눈을 언제나 매처럼 빛내며 금세라도 습격할 수 있는 태세로 있지 않으면 안 된다. 그러나 시나 소설을 읽을 때에는 이래서는 곤란하다. 그 경우에는, 말하자면 적극적인 수동이라고도 할 만한 자세가 필요하다. 이야기를 읽을 때는, 이야기가 마음에 작용하는 대로 맡기고, 또 그에 따라서 마음이 움직이는 대로 내맡겨두지 않으면 안 된다. 즉 무방비로 작품을 대하는 것이다.

―――――――――

모티머 J. 애들러

1Ø7

제인 오스틴의 소설에 나오는 한 남자는 말한다. "나는 소설을 전혀 읽지 않아. 난 더 나은 할 일이 있거든." 오스틴은 등장인물 중에 소설을 좋아하는 사람을 좋게 그렸고 그들은 대개 여자였다. 내 주위에도 "소설은 전혀 읽지 않아. 더 나은 책이 많거든" 하고 거들먹거리는 남자들이 있다. 그런 치들에게 들려주고 싶은 소설 예찬이 여기 있다.

소설에는 세상 모든 게 다 있다. 버려지고 소외된 자들의 이야기, 인간과 인간 사이에 오고가는 감동과 따뜻한 마음. 그것들을 보여 주는 아름다운 문장들. 도대체 이런 소설을 읽지 않고 이 세상을 어떻게 살아가고 또 버텨 낸단 말인가. 소설이야말로 우리가 끝까지 쥐고 있어야 할 거룩한 예술이다.

— 이유경, 『독서공감, 사람을 읽다』(그러고 보니 그도 여성이다.)

알랭 드 보통이 설립한 인생학교에서 문학치료과정을 이끄는 엘라 베르투와 수잔 엘더킨은 『소설이 필요할 때』에서 "문학 애호가들은 지난 수세기 동안 의식적이든 아니든 상처에 연고를 바르듯 소설을 읽었다"고 말한다(공교롭게도 이들 역시 여성이다).

누가 내게 소설의 유익을 묻는다면 '자아성찰'이라고 진부하게 답한다. 자아성찰 하면 뭔가 고매하게 여기는데 제 안의 욕망을 꾸밈없이 직시하는 것이 자아성찰의 근간이다. 김현의 『행복한 책읽기』가 내 부족한 답변에 훌륭한 보충이 된다. "우리가 문학작품을 읽는 것은 무엇 때문일까? 내 생각으로는 자기의 욕망이 무엇에 대한 욕망인지가 분명하지 않기 때문인 것 같다." 『소설은 어떻게 작동하는가』를 쓴 제임스 우드는 삶과 문학의 차이를 "삶이 두루뭉술하게 세부 사항으로 가득 차 있으면서도 우리를 그 세부 사항에 주목하도록 거의 이끌지 않는 반면, 문학은 우리에게 세부 사항을 알아차리는 법을 가르쳐 준다"고 설명한다. 나는 알아차려야 할 첫 번째 세부 사항이 잠재된 욕망이라 믿는다.

친구끼리 연마함이 서로 도움이 된다는
옛사람의 말씀이 참으로 헛소리가 아닙니다.

———
퇴계

1∅8

　　몽테뉴는 "책으로 하는 공부는 동작이 느리고 힘이 없으므로 열
심히 하기가 어렵다. 그런데 대화로 하면 금방 배우고 훈련이 된
다"고 했다. 혼자 끙끙대던 책을 놓고 이야기를 나누자 술술 풀려
나가는 경험을 한두 번씩은 했을 것이다. 한 사람이 10권의 책을
읽는 것보다 열 사람이 1권의 책을 읽고 나누면 더 큰 배움을 얻는
다는 말이 그래서 나왔나 보다. 퇴계는 학인學人들과 함께 『심경』
을 읽으며 의견을 주고받았더니 전에 꿰뚫지 못한 것을 꿰뚫고 끝
까지 못 본 것을 보았고 잘못 본 것을 깨달아 고칠 수 있었다고 회
고한다. 또 한번은 역동서원이란 곳에 십여 명이 모여 공부하는데

"실로 대중을 떠나 혼자 공부하는 것과 비교할 수 없을 정도로 유익하다"면서 "만약 지금 이후로 항상 이같이 하여 폐하지 않는다면 거의 학업을 이룰 수 있을 것"이라고 할 정도였으니 그 감격이 얼마나 컸을까 싶다.

내 주위만 봐도 책 읽는 친구나 선후배, 멘토 등을 둔 사람은 그렇지 않은 사람보다 책을 벗함이 깊다. '따로 또 같이'라는 말대로 '홀몸 읽기'를 하다가도 한자리에 모여 삶과 책을 나눌 '배움의 코뮌'은 필수적이다. 쇠가 쇠를 벼리듯 서로 빛나게 해 줄 책벗의 유무는 독서의 질은 물론 삶의 질에 결정적인 영향을 미친다. 이 말에 내가 기꺼운 증인이다. 더구나 나란히 책장을 넘기며 삶의 결을 매만지는 친구는 아주 오래간다. 동지가 되기도 한다. 책모임은 종종 "기성의 권력과 습속으로부터 벗어나 새로운 삶을 구성하고자 하는 이들의 자유롭고 창발적인 집합체"(고미숙, 『호모 쿵푸스』)로 진화하기도 한다.

옥스퍼드대학 교수들의 문학토론모임 '잉클링스'는 구성원들의 집필과 삶에 큰 영향을 끼쳤다. 20세기 판타지 문학의 두 거장인 『나니아 연대기』의 저자 C. S. 루이스와 『반지의 제왕』의 저자 J. R. R. 톨킨은 40여 년간 잉클링스에서 우정을 쌓았다. 톨킨은 훗날 이렇게 고백한다. "그(C. S. 루이스)의 끊임없는 관심과 다음 이야기를 들려 달라는 재촉이 없었더라면 나는 결코 『반지의 제왕』을 끝마치지 못했을 것입니다."

책모임에 들어가거나 책모임을 시작하라. 책 읽는 삶을 모색하는 분들에게 내가 두는 훈수다. 독서는 기본적으로 고독한 작업이지만 '울력으로서의 책읽기'가 병행되어야 한다. 여럿이 가는 데 섞이면 병든 다리도 끌려간다고 하지 않는가. 울력걸음에 봉충다리●라도 함께 읽으면 혼자 읽는 것 이상으로 읽히고, 혼자 사는 것 이상으로 살아진다. 공동체가 주는 놀라운 선물이다.

● 여러 사람이 함께 걸으면 지체장애인도 덩달아 걸을 수 있다는 말.

나는 늘 낙원을 도서관으로 생각했어요.

─────────
보르헤스

109

독서팔복 讀書八福

책을 읽느라 가난한 자는 행복하다. 하늘 도서관이 그들의 것이다.

책을 읽으며 슬퍼하는 자는 행복하다. 다른 책에서 위로를 얻을 것이다.

권력과 재물을 마다하고 온유하게 책 읽는 자는 행복하다. 그들이 책을 차지할 것이다.

활자에 주리고 목마른 자는 행복하다. 저들이 양서로 배부를 것이다.

책을 선물하는 자비를 베푸는 자는 행복하다. 책을 선물받는 자비를 얻을 것이다.

깨끗한 마음으로 책 읽는 자는 행복하다. 책에서 자신을 볼 것이다.

가는 곳마다 독서를 심는 자는 행복하다. 책의 자녀가 될 것이다.

책을 읽는다고 박해를 받는 자는 행복하다. 하늘 도서관이 그들의 것이다.

책 때문에 모욕과 박해와 비난을 받으면 행복하다. 기뻐하고 즐거워하라. 하늘 도서관에서 받을 상이 크도다. 옛 독서가들도 너희에 앞서 핍박을 받았다.

그녀는 아무것도 하지 않을 수 있는
능력을 가지고 있었다.

서머싯 몸, 『과자와 맥주』 중에서

다들 책 읽을 시간이 없다고 한다. 영화평론가 이동진처럼 "남자에 한정해서 이야기한다면, 당구 안 치고, 골프 안 하고, 게임 안 하면 시간이 굉장히 많습니다(웃음). 참고로 저는 세 가지를 다 안 합니다. TV도 안 보고요. 그러면 남는 게 시간인걸요. 저는 오히려 궁금해요. 아니 도대체 뭘 하면 책 읽을 시간이 없죠?"라고 되묻는 사람도 있겠지만, 일단 '진짜' 시간이 없다고 치자. 이 지점에서 나는 "시간이 없어서 책을 못 읽는 것도 사실이지만 책을 안 읽기 때문에 시간이 없다는 생각도 해 보면 좋겠습니다"라고 말한다.

우리의 생존 공식이 내 시간을 넘겨주고 남의 돈을 가져오는 것이기에 시간이 남아도는 사람은 많지 않다. 하지만 말이다, 독서를 통해 우선 제 생김생김을 알고, 나아가 생의 의미랄까 목적이랄까 그런 근본 질문에 따라 삶의 우선순위를 세우면 내 시간을 남이 가져가는 일이 줄어든다. 지배적인 삶의 방식을 답습하는 한, 더 많이 벌어 더 많이 쓰는 것을 부러워하고 성취와 소유로 내가 누구인지를 증명하려는 가련한 노력을 고수하는 한 대체 무슨 시간이 있겠는가.

　　서머싯 몸의 『과자와 맥주』라는 작품에 내가 짜장 좋아하는 문장이 나온다. "그녀는 아무것도 하지 않을 수 있는 능력을 가지고 있었다." 사람을 마른걸레 짜듯 쥐어짜는 시대, 사람들을 담즙질의 끓탕●에 내모는 사회에서 이 얼마나 놀라운 능력인가. 많은 것을 할 수 있는 것이 능력이 아니라 실은 아무것도 하지 않을 수 있는 것이 진짜 능력이 아닐까. 이런 능력을 가진 이들이야말로 덜 벌고 덜 성공적으로 살면서 획득한 시간을 독서로 치환해 낸다. 그 독서는 어떤 모습일까. "우리에게 삶이 온전한 선물로서 베풀어지는 멈춤의 순간이 있"(월터 브루그만)음을 오롯이 경험하는 책읽기, 주위와 뭇 생명이 안녕한지 돌아보는 책읽기가 아닐까.

●속을 태우는 걱정.

고독은 자꾸만 살쪄 갔다, 마치 돼지처럼.

미시마 유키오,『금각사』중에서

정도나 모양만 다를 뿐 우리 모두는 고독공포증 환자가 아닐까? 소로는 "나는 일찍이 고독만큼 사이가 좋은 벗을 본 적은 없다"고 했다지만 고독사孤獨死란 말 앞에 겁먹지 않을 사람은 없으리라. 외로움 앞에 장사 없다고, 아무리 위대한 이도 외톨이로 남는 것만큼은 벌벌 떤다. 사람들이 내내 소셜미디어에 접속하고, 종일 '카톡창'을 열어 두는 것도 어찌할 수 없는 외로움 때문이리라. "우리는 모두 한데 모여 북적대며 살고 있다. 그러나 우리는 너무나 고독해서 죽어 간다"는 슈바이처의 말이 새삼스럽다.

모든 이가 외로움을 혐오의 표적으로 삼지는 않는다. 외로움을 삶에게 바치는 폐백으로 보는 사람도 많다. 하이데거는 오로지 고독 속에서만 '처음으로' 사물과 세계의 본질에 가까워질 수 있다고 했다. 김정운은 "외로움은 삶을 주체적으로 살아가라고 마음이 보내는 자기 단련의 신호"라며 외로워야 주체적 삶이 가능하다고 말한다.

주체적 삶이란 자기 자신이 좋아하는 것을 공부할 때 비로소 가능해진다. 그리고 그 시간은 격한 외로움을 담보해야 한다. 외롭다고 '관계'로 도피하는 것처럼 어리석은 일은 없다. 모든 문제는 외로움을 피해 생겨난 어설픈 인간관계에서 시작된다는 사실을, 우리는 외면하고 있지 않은가. 외로움을 감내한다는 것, 그것이 바로 내 삶의 주인으로 사는 방법이다.

무엇보다 외로움을 껴안지 못하는 이는 책을 읽을 수 없다. 고독의 기각은 독서의 기각이다. 낭독의 시대에서 묵독의 시대로 넘어온 뒤로 독서는 단독자의 행위다. 『책등에 베이다』의 저자 이로는 역설을 곁들여 이렇게 말한다. "독서는 철저하게 외로운 행동이다. (…) 만약 독서가 인류에게 해로운 점이 있다면 바로 그 때문이다. 외로움을 정당화한다. 더 오래 홀로 있게 한다. 나는 그 해로움을 사랑한다." 책을 집어 드는 것은 외로움을 선택하기로 결단하는 것이다. 책장에는 항상 외로움이 묻어 있다.

『공부하는 삶』의 저자 세르티양주는 '공부하는 삶'을 이루어 나가기 위해 가장 중요한 것은 깊게 뿌리박은 의지라고 한 다음 이보다 "더 필요한 것은 열정적인 고독"이라고 단언한다. 생계와 생활을 꾸려 가느라 인생을 저당잡히고 "삶의 가장 작은 부분만을 본인 뜻대로 할 수 있는" 우리 같은 사람들에게 외로움은 차라리 은총에 가깝다. 고독은 비참할 정도로 굴신하게 생존을 도모하다가 온전히 나로 존재하는 시간일지니 독서로 고독을 먹인다. 돼지처럼 살을 찌운다.

사막은 책 따윈 버리고 대신 땅을
읽으라 한다. 사막에 당도하지 못한 자들만이
책을 읽는[다].

───────
이희인

 독서와 여행은 묘하게 통한다. "만 권의 책을 읽고, 만 리의 길
을 여행하라"라고 한 중국 문인 동기창의 말이나 "여행은 서서 하
는 독서요, 독서는 앉아서 하는 여행"이라고 한 김경집의 말은 양
자의 닮음꼴을 보여 준다. 사람만 글을 쓰는 것이 아니다. "땅도
글을 쓴다"(헤르만 헤세). 땅이 쓴 글을 읽는 것이 여행이다. 이
세상을 거대한 책으로 본 아우구스티누스는 여행자만큼 이 책을
많이 공부한 사람은 없다 했고, 반면 집에만 머문 사람은 이 책을
한 쪽밖에 못 읽는다 했다.
 사람이 쓴 책을 읽을 때처럼 땅이 쓴 책을 읽을 때도 속독과 완

독이 갈린다. 때론 속독이 요긴하듯 명소에서 후다닥 인증샷 찍고 맛집으로 넘어가는 여행을 나쁘다고만 할 수 없지만 아무래도 두 발로 대지에 입맞추며 느긋이 걸어야 천하의 지극한 문장은 그 속살을 드러낸다. 이 대목에서 다비드 르 브르통의 "걷기는 세계를 느끼는 관능에로의 초대"라는 문장을 떠올린다. 브르통은 『걷기 예찬』에서 "우리의 사유의 중심에는 우리가 가진 유일한 자산인 몸이 있다. 걷는 것은 자신을 세계로 열어 놓는 것이다. 우리들의 발에는 뿌리가 없다. 보행은 가없이 넓은 도서관이다"라고까지 말한다.

보행은 지구별을 읽는 독서이면서 나아가 저항과 치유의 몸짓이 된다. 찢어지고 갈라진 이 땅을 묵묵히 내딛는 걸음이 어떻게 상처와 아픔을 봉합하는지 리베카 솔닛의 『걷기의 인문학』은 알려 준다.

걸어가는 사람이 바늘이고 걸어가는 길이 실이라면, 걷는 일은 찢어진 곳을 꿰매는 바느질입니다. 보행은 찢어짐에 맞서는 저항입니다.

오체투지를 본 적이 있는가. 이마, 왼쪽 팔꿈치, 오른쪽 팔꿈치, 왼쪽 무릎, 오른쪽 무릎의 오체를 완전히 땅에 밀착시키며 하는 기도. 부처나 상대의 발을 받드는 접족례接足禮에서 유래한 오체투지는 오만을 떨치고 하심下心의 의미를 되새기는 티베트인의 오랜 기도법이다. 맨땅을 기어가는 지렁이처럼 무기력해 보이는 오체투지야말로 온몸으로 하는 독서의 최고봉이요, 갈라진 땅을 깁는 봉합수술의 결정판이다.

어떤 이들은 신을 발견하기 위해 책을 읽는다. 그러나 더 큰 책이 있으니 창조된 세계 자체가 그것이다. 사방 위아래를 둘러보고 눈여겨보라. 그대가 발견하고자 하는 신은 먹물로 글씨를 쓰는 대신 지으신 만물을 그대 눈앞에 두신 것이다.

아우구스티누스

113

만물을 책으로 보는 입장을 강력하게 지지해 주는 전통이 그리스도교다. 그리스도교에서는 두 권의 책이 있다고 말한다. 한 권은 신의 말씀의 책인 성서, 또 한 권은 신의 창조의 책인 이 세상이다. 책 제작을 주문하는 수도사나 귀족도, 책에 직접 공력을 들이는 필경사와 채색사도, 눈에 보이는 모든 세상은 신의 손가락으로 쓴 한 권의 책이라고 믿었다. 실로 만물이 경전이었다.

스콜라 철학자들에 의하면 본디 창조의 책 한 권으로 충분하던 시절이 있었다. 인간이 죄를 범하고 이 책을 제대로 못 읽게 되자 신이 새로운 책인 성서를 주셨다는 것이다. 프랜시스 베이컨도 인간이 오류에 빠지지 않도록 신이 두 권의 책을 하사했다고 한다. 한 권은 신의 의지를 계시하는 '성서'요, 다른 한 권은 신의 권능을 계시하는 '피조물'이다. 뒤엣것은 앞엣것을 바르게 헤아리는 열쇠다.

신의 두 번째 책, 그러니까 이 세상이라는 책은 아직 완결되지 않았다. 그 책에서 인간은 하나의 활자이자 등장인물이다. 소설가가 창조해 낸 캐릭터가 나중엔 자기 의지를 갖고 작품의 전개에 영향을 주듯이 나의 선택은 절찬리에 연재 중인 신의 두 번째 책이 어떻게 흘러갈지 영향을 미친다. 이런 말 하면 정신병자 소리 듣기 딱 좋겠지만 말이다.

"그러니까 결론이 뭐야! 정신병원이야, 도서관이야?"
"정신병원 도서관이에요. 걸어다니는 책들을 다루는 특별한 정신병원이라고나 할까. 그러니까 자신을 책 속 주인공이라고 생각하거나 자기가 작품 자체라고 생각하는, 정신이 약간 이상한 몽상가들이 있는 곳이죠."
— 카를로 프라베티, 『책을 처방해드립니다』

그런 적 없나. 자신을 어떤 책의 주인공으로 여기거나 내 인생이 하나의 작품이라고 생각해 본 적 없는가. 나는 많다. 먼저 나는 신이 집필 중인 대하소설의 등장인물이면서 동시에 그 작품을 읽는 독자이고, 나아가 그 커다란 작품 안에서 내 인생이라는 작은 작품을 쓰는 작가이다. 그래서 인생은 무릇 잘 살고, 잘 읽고, 잘 써야 한다. 지금 대체 무슨 이야길 하고 있냐고? 세상이 거대한 액자소설이란 말을 하는 거다.

하늘을 바라보면서 날씨를 헤아리던 옛사람
매무새도 책을 읽는 몸짓이라고 할 만합니다.
모시풀에서 실을 얻어서 모시옷을 짓던
옛사람 살림살이도 책을 읽는 몸짓이라고
할 만해요.
씨앗을 심어서 거두던 몸짓이 오롯이
글쓰기에다가 책읽기입니다. 밥을 지어서
차리는 어버이 손길은 옹글게 글쓰기이면서
책읽기입니다. 자장노래를 부르고, 이불깃을
여미며, 젖을 물리는 어버이 손짓도 사랑스레
글쓰기이면서 책읽기예요.

———
미야자키 하야오

114

아이 넷을 키우며 뽀로로나 디즈니 대신 지브리 스튜디오 작품을 보여 줬다. 오죽하면 우리 애들 유년기의 칠 할은 미야자키 하야오가 책임졌다고 너스레를 떨었을까. 그 미야자키 하야오가 매사가 독서임을 이토록 유려하게 표현해 주니 다시금 그를 사랑하지 않을 수가 없다. 이태 전에 일곱 살 막내아들과 나눈 대화를 옮겨 본다.

나: 해든아, 압바가 키운 벌개미취 꽃 폈는데 봤니?
해든: (건성으로 눈길을 돌리며) 어, 봤어.

나: 에이, 주의 깊게 봐.

해든: 왜 꼭 그렇게 봐야 해.

나: 자세히 안 보면 꽃이 아니라 꽃의 관념을 보게 되니까.

해든: 관념이 뭐야? 압바는 맨날 저런 얘기만 해.

나: 압바 얘기가 아니라 예수님이 공중에 나는 새를 보라, 들에 핀 백합화를 보라고 했잖아. 그때 '보다'가 그냥 보는 것이 아니라 유심히 주의 깊게 본다는 뜻이야. 영어로 look이 아니라 behold라고.

해든: 에베베베, 나 영어 모르거든?

나: 영어는 몰라도 되는데 꽃 한 송이라도 정성껏 맞으면 하느님을 경배하는 거야. 권정생 할아버지 알지? 『강아지똥』 쓴?

해든: 응.

나: 할아버지가 그랬어. 설교를 듣는 것보다, 한 권의 도덕 교과서를 보는 것보다, 푸른 하늘과 별과 나무와 숲과 들꽃을 바라보는 것이 훨씬 유익하다고. 여기서 '바라보는 것' 도 유심히 보라는 뜻이야.

해든: 그만하라고!

나: 큭큭큭, 알았어. 그만할 테니까 압바를 봐. 압바에 대한 관념을 보지 말고.

해든: 아 진짜! 이제 압바한테 뽀뽀 안 해 줄 거야, 흥.

대체로 글이란 눈으로 보고 입으로
읽는 것보다 손으로 직접 한 번 써 보는 것이
백 배 낫다. 손이 움직이는 대로 반드시
마음이 따르므로, 스무 번을 읽고 외운다
하더라도 힘들여 한 번 써 보는 것만
못하기 때문이다.

———
이덕무

115

이덕무가 이렇게 확언할 수 있는 까닭은 그가 실제로 어마어마한 필사가였기 때문이다. 이덕무의 손자 이규경은 "내 할아버지 되시는 청장공(이덕무의 호)께서는 직접 몇천 권의 책을 베껴 쓰셨다"고 회고한다.

나 어릴 적엔 작품을 베껴 쓴다고 하면 작가지망생이냐고 물었다. 닮고 싶은 작가의 문장을 필사하면 확실히 글솜씨가 는다. 예비 소설가들은 김승옥의 『무진기행』을 마르고 닳도록 베꼈고, 안도현 시인은 백석을 "필사적으로 필사하"며 시를 배웠다. "그런 필사의 시간이 없었다면 내게 백석은 그저 하고 많은 시인 중의

하나로 남았을" 거라고 고백한다.

책은 눈으로 읽음과 손으로 읽음이 확실히 다르다. 정민은 "손으로 또박또박 베껴 쓰면 또박또박 내 것이 되지만 눈으로 대충대충 스쳐보는 것은 말달리며 하는 꽃구경일 뿐"이라고 절하한다. 발터 벤야민은 필사 없는 독서를 도시 위를 비행기 타고 지나가는 것에 비유하면서 "책이 온전히 내 것이 되는 것은 그 책을 필사하는 것"밖에 다른 수가 없다고 했다. 심지어 마오쩌둥은 아예 "붓을 움직이지 않는 독서는 독서가 아니다"라고 단언한다. 옮겨 적는 만큼 내 문장이 됨을 나 역시 경험으로 터득했다. 지인들이 어떻게 읽은 걸 다 기억하느냐고 묻곤 하는데 순전히 베껴 쓴 덕분이다.

정민은 "키보드를 누르는 손가락 마디마디에 이 기억이 저장된다"고 하며 필사만 아니라 타자의 효과도 인정한다. 간직하고 싶은 문장을 타이핑해서 모아 두시라. 뛰어난 통찰이나 표현을 담은 문장, 나중에 기억해 뒀다 인용하고 싶은 문장, 새로운 어휘의 용례로 기억해 두고 싶은 문장 등 어떤 것이라도 좋다. 그렇게 모인 구절을 자신이 관심 있는 주제로 파일이나 폴더를 여러 개 만들어서 모아 두고 거기에 자신의 생각도 첨언해 보라. 그런 과정에서 사고가 종합적으로 발달한다.

물론 이 과정이 달가운 사람은 많지 않다. 하지만 '귀차니즘'을 극복하고 하나씩 둘씩 보석 같은 문장을 모으다 보면 엄청난 자산이 된다. 그렇게 자신만의 데이터베이스를 구축해 놓으면 일종의 보물창고가 되는 셈이다. 글은 바로 이 보물창고에서 나온다. 검색하면 다 나오는 세상에서 무얼 촌스럽게 베껴 쓰냐고 지청구를 늘어놓는 이들도 있다. 정보의 바다를 떠다니는 문장과 내가 손수 옮겨 적은 문장은 그 결이 다르다.

우리의 힘을 송두리째 앗아 가는
공포에 대한 유일한 치료법, 그 시작은
그것을 바로 보는 것이다. 그 뿌리를
캐고 들어가는 것이다.

———————————

지그문트 바우만

116

한국인의 삶을 추동하는 것은 단연코 불안과 공포다. 피곤한 얼굴을 달고 바쁜 걸음으로 거리를 지나가는 사람들을 보라. 카드빚은 늘어나는데 수입은 늘지 않는 공포, 치열한 경쟁 속에 점점 좁아지는 진학과 취업의 불안, 내세울 만한 대학과 직장 없이는 사람들 앞에 당당할 수 없다는 공포, 발버둥을 쳐도 내 인생이 더 나아지지 않을 것 같은 공포, 조금만 빈틈을 보이면 우습게 아는 이들 때문에 자신을 완벽한 것처럼 포장해야 하는 공포, 외모지상주의 사회에서 몸과 얼굴에 자신감을 잃어 가는 공포, 나이는 먹어 가고 좋은 사람은 안 나타나고 영영 결혼할 기회를 놓치지 않을까

하는 공포, 자녀의 성적은 자꾸 떨어지고 이러다가 끝내 뒤처지는
것은 아닐까 하는 공포…. 어쩌면 우리는 다들 두려움에 빠져 살
고 있는지도 모른다.

　교활한 자본은 이러한 공포를 이윤의 계기로 적극 활용하고, 없
던 두려움까지 창조해 낸다. 타인과 비교함으로써 행복을 느끼도
록 학습된 이 땅에는 유독 공포 마케팅이 난무한다. 자녀의 현재
성적이 평생을 좌우한다, 영어 못하면 취업도 못한다, 꾸준히 자
기계발을 하지 않으면 도태된다, 보험을 들어 봐야 든든하다, 명
품 하나 없으면 주눅든다, 오래된 핸드폰은 내놓기가 두렵다, 탄
력 없는 피부는 노화의 징표고 늘어나는 뱃살은 자기 관리의 실패
다, 키 작고 돈 없고 차도 없으면 연애 따윈 꿈도 꾸지 말라…. 인
위적인 두려움을 조작, 유포하여 돈으로 안전을 구매하게 한다.
이런 상황을 두고 『감정은 사회를 어떻게 움직이는가』의 저자들
은 "공포는 현대사회에서 '신'이 되었고 안전은 '신앙'이 되어 버렸
다"고 진단한다.

　죽는 날까지 거짓 공포와의 싸움에 평생을 소모하게 만드는 사
회에서 책은 공포의 멸균상태 혹은 진공상태란 불가능함을 일깨
운다. 알랭 드 보통이 『불안』에서 바로 짚었듯 "노력은 하더라도
우리의 목표들이 약속하는 수준의 불안 해소와 평안에 이를 수 없
다는 것쯤은 알고 있어야 한다." 그렇게 불안과 공포를 벗하는 것
이 인생이라고 책은 속삭여 준다.

　독서는 마땅히 지녀야 할 공포를 품고 살도록 격려한다. 여린
영혼들과 미물들이 상처 받을까 졸이는 가슴을 주고, 사회적 약자
가 팽팽한 생존의 줄을 '툭' 하고 끊어 버릴까 겁을 내게 해 준다.
입시전쟁, 취업전쟁, 출근전쟁이란 말에서 보듯 생활이 곧 전쟁인
야만의 사회, 나 살자고 하는 행동이 남의 생의 의지를 말살하는
사회에서, 책은 상처 주고 상처 받는 것을 두려워하는 마음이 이
세상을 정글로 만들지 않는 방부제가 됨을 일러 준다.

난 시커멓게 될 때까지 책을 읽고 싶어.

열아홉 살 버지니아 울프가 오빠에게 한 말

"그냥 바라보기만 해도 좋아. 책들이 정말 멋지잖니."
— 루이스 버즈비, 『노란 불빛의 서점』

명품이나 연예인에게나 할 말을 책에게 하는 사람은 어떤 사람
일까. 어떻게 말해야 할까. 책만 생각하면 풍선껌처럼 부푸는 이
마음을. 그대는 아는가. 책 읽는 시간을 사모하다 못해 이렇게 토
로한 시인의 마음을.

가슴이 쿵쾅거렸다

새벽의 어스름 속, 베개 아래서
태양이 책읽기를 허락해 주기 한 시간 전!
아 나의 책들이여, 오 나의 사랑이여!
　— 엘리자베스 배럿 브라우닝

　내 비록 언제든 불을 밝힐 수 있는 문명의 이기 속을 살아가지만 암흑 속의 활자가 여명 속에 돌아나기를 고대하는 그 심정을 모를까 보냐. 누군가 내게 근래 가장 기쁜 일을 묻는다면 잠시도 망설이지 않고 브라우닝의 시를 내 시인 양 읊을 수 있음이라고 답하겠다. 이번엔 몽테뉴가 내 마음을 대변해 주는구나.

　책은 내가 원하는 시간에 쾌락을 주려고 내 옆에 있다는 생각과, 그것이 내 인생에 큰 도움을 주리라는 생각으로 얼마나 마음이 놓이고 즐거운가를 이루 다 말할 수 없다. 이것은 내가 인생 항로에서 발견한 최상의 재산이다.
　— 몽테뉴, 『수상록』

　가족들이 집을 나가고 혼자 남아 있는 시간을 사랑한다. 곁에선 고양이가 오후보다 나른한 하품을 하고, 나는 고양이의 하품보다 게으른 책장을 넘긴다. 몸을 훈훈하게 덥혀 줄 차 한 잔을 곁들이면 긴긴 겨울도 무섭지 않고 무더운 몸을 식혀 줄 시원한 맥주 한 잔이면 에어컨 없는 열대야도 무섭지 않다.

나무에 혀가 있고, 흐르는 시냇물에
책이 있으며, 돌 속에 설교가 있다.

———————

셰익스피어

118

"텍스트는 문서인 것을 필요로 하지 않는다." 르장드르의 말대로 활자로 적힌 것만 책이 아니다. 활자책이 있으면 사람책, 자연책도 있다. 문자로 적힌 텍스트를 읽는 행위만 독서가 아니다. 우주의 전 존재와 그 몸짓, 현상과 침묵을 읽는 것도 독서다.

홍길주는 일찌감치 독서의 범위를 만휘군상으로 확장했다. "독서는 책 속에만 있는 것이 아니다. 삼라만상의 온갖 볼거리와 일상의 자질구레한 이런저런 일들이 모두 독서다." 그런 그에게 "길 떠나는 날은 종일 공부하는 날이다." 연암도 다르지 않다. "저 포로롱 포로롱 나는 새의 날갯짓, 저 아름다운 노랫소리가 바로 한

편의 아름다운 문장이로구나. 세상에 이보다 더 훌륭한 글이 있을까? 오늘 아침 나는 책 한 권을 다 읽은 것과 다름없다."

보르헤스는 『바벨의 도서관』에서 우주를 거대한 도서관으로 보았다. "모든 곳은 도서관이다", "우주란 신이 쓴 하나의 거대한 책이다"라는 문장은 유명하다. 「도서 예찬에 대하여」에서 그는 유대 신비주의 일파인 카발라주의에 기대어 "우주는 '알파벳'이라는 신성한 도구로 창조되었으며 알파벳으로 창조된 도서관은 우주로 명명된다. 이러한 우주와 도서관의 합치는 다시, 사서로서의 생을 명명한다"는 밀교적 신앙고백을 한다.

우주가 책이라면 우리는 독자일 수밖에 없고, 만물이 도서관이라면 우리는 사서로 부름을 받은 셈이다. 결국 인생의 선택지는 '어떤 독자와 사서가 될 것인가'라고 할 수 있다. 먼저 나 자신에게, 또 이 졸저의 독자에게 묻는다. 어떤 독자와 사서가 될 것인가.

한 쪽 한 쪽 이 책 저 책 읽어 갈 때면!
그러면 긴긴 겨울밤도 정겨워지고
축복받은 삶의 느낌에 몸이 따뜻해지지요.
아, 멋진 양피지 책을 펼치기라도 하면
온 하늘이 나를 위해 땅으로 내려온 것 같지요.

괴테, 『파우스트』 중에서

119

사는 것만큼 헛된 것이 있을까.
채 백 년을 못 채우는 짧은 인생인데
시름과 고됨이 반을 앗아 간다.
벌지 않아도 좋고 일하지 않아도 좋은 시간,
날뛰든 뒹굴든 내 맘대로 해 볼 시간이라야
생의 십분지 일이나 될까.
그 순간을 잘 누리는 이 또한 열에 한둘이요
대개는 호색이나 방탕으로 낙을 삼는구나.
박한 인생이 어인 연유로 여유란 놈을 하사하면

내 노니는 모양일랑 대략 이러하다.

맑은 날 창을 활짝 열고
쌉쌀한 술 한 잔 곁에 둘 것이며,
바람이 풍경風磬에게 노래시키면
손때 묻은 책을 펴 놓는다.
끊겼다 이어지는 새소리,
이웃의 정겨운 생활 소음에
읽고 멈추기를 반복하니
책장을 넘기는 속도가 하염없이 늘어지나
이내 맘이 즐거움이 더하는구나.

어떤 책이든 언제나 너무 길다!

귀스타브 플로베르

12∅

우리 집 애들의 불평을 대문호의 입으로 듣게 될 줄이야. 책장
이 넘어가는 게 아쉬워 어떻게든 아껴 읽다가 마침내 직면한 마지
막 장에서 탄식을 내뱉는 일은 희귀해지고, 인터넷에 자기 신변잡
기를 올리면서도 '스크롤 압박 미안'이라고 하는 세대에야 더 무슨
말을 하랴. 이 책도 너무 길다는 푸념을 듣기 전에 아물려야겠다.
부디 벗님들의 독서에 어떤 책이든 너무 짧다는 아쉬움이 평생 벗
하기를 빈다.

고마움의 말들

    책을 내면서 이날까지 고마운 이름을 기리는 것은 제게 하나의
전통이자 의식입니다. 전작 『욕쟁이 예수』와 『내 삶을 바꾼 한 구
절』에서 한국출판사상 가장 긴 '땡큐 리스트'로 기록을 세웠지만
이번에도 만만치 않을 것 같습니다. 왜 그리 긴 감사의 글이 필요
하냐고 묻는다면 고된 글 농사를 짓고 마침내 가을하면서 이웃을
초대해 드리는 일종의 감사제라고 답하겠습니다.
    먼저 도심 속 수도공동체 '신비와저항'에서 함께 초를 밝히며 웃
음과 눈물을 나눈 수사님들에게 미소를 띄웁니다. 시간이 갈수록
여러분이란 존재가 날로 고맙습니다. 인생의 한 소절을 독서작문
공동체 '삼다'에서 공유했던 글벗님들에게 사례합니다. 그대들이
없었다면 이 책은 나오지 않았을 겁니다. 일상영성을 비롯한 여러
강좌의 수강생들에게도 인사합니다. 부족한 제 삶과 말에서 훨씬
더 많은 것을 거둬 가셨습니다. 여러 모양으로 저를 챙겨 준 박아
름, 이선혜, 김선애, 문지연, 박진석, 허은영, 이현숙, 여근창, 김
경삼, 김민규, 유경원, 이경원('참 달달한 포차'의 어머님께도!),
김종환, 이상익, 최유진, 박천보, 김윤영, 강현아, 김한나, 백소망,
김보영, 이윤, 이정은, 여희영, 강태훈, 정영현, 조명선, 신연경,
여승현 수사님과 안승용, 고학준, 김요한, 김한나, 김미향(매번

졸업문집과 졸업장을 맡아 줘서 얼마나 큰 도움이 되는지!), 박관용, 류호준, 국현정, 김희천, 이유경, 김보람, 박혜영, 조연작, 박민선, 손수정, 장지혜, 장유현, 김혜령, 방상일 글벗님과 김하나, 문태호, 김정모, 김은혜, 이진아 조교님에게 재차 감사의 마음 건넵니다.

서로 마음의 안감을 까뒤집어 보이며 사귐을 나눈 공인현 형님, 챙김의 화신 최헌영 형님, 뵐 때마다 기분이 좋아지는 김장환, 김진세, 김병년 형님, 항시 편하게 맞아 주는 청어람 양희송 형, 가방을 건네준 김종희 선배, 우리 집 일을 제 일처럼 돕는 한병선 누나, 자급사제로 살아가는 심미경 신부님, 대한민국 최고 치과 이랑치과 김이섭 형님과 송은하 형수님, 우리 식구 주치의 이대일 원장, 제 오랜 친구 우울증과 수면장애를 달래 주는 손경락 박사님, 저의 전담 일러스트레이터 신정은 작가, 살림세무회계 김집중 세무사, '더함안경원' 김수암 원장님, 제 발이 되어 주는 우리 동네 강북 02 마을버스 기사님들, 전세금 안 올린 주인아주머니, 그리고 거리 투쟁하다가 잡혀서 구치소에 갇히고 100만 원 벌금 맞았을 때 알음알음 도와주신 모든 분께 고개 숙입니다.

고통의 시간을 지날 때 큰 힘이 된 이경희 엄승재 부부, 김용주 배명희 부부, 공간을 내 집처럼 편히 쓰도록 흔쾌히 내어 주신 나드림 교회 장석윤 목사님과 정삼 집사님을 비롯한 교우님들, 부족한 사람에게 지지와 애정을 베푸시는 청파교회 김기석 목사님과 김재홍 목사님, 강좌를 열 적마다 배려해 주시는 김현동 오유경 권사님 부부, 도서관장 황경순 권사님, 벗이 되어 주신 황현성 권사님과 강세기 집사님께 고마움을 한 올씩 풀어냅니다.

부족한 이를 과분하게 평가해 주시는 비아토르 김도완 대표님, 포이에마 강영특 편집장님, 북인더갭 안병률 대표님, 옐로브릭의 임혜진 대표님, 성서유니온 김주련 국장님과 천서진, 이용석, 이동열 간사님, 복 있는 사람 박종현 대표님, 분도출판사의 김만호 차장님, 남해의봄날 정은영 대표님, 한국신학연구소 김준우 소장님, 오래 참아 주신 샘터출판사 이미현 전 팀장님과 김아람 편집자님, 알음알음 도와주시는 『복음과상황』 옥명호 편집장님과 이현주 실장님. 노래할 때 제일 멋진 홍순관 형, 뵐 때마다 고마운 라옥희 권사님, 환경운동가 최병성 목사님, 새길교회 정경일 선생님, 도보순례자 홍만조 목사님, 소프라노 박은미 선생님, 성공회 민김종훈 현주 씨 부부, 사는 모습이 예쁜 후배 창원이, 아끼는 후배 박성종과 이경무, 갈등전환센터 박지호, '라멘남' 김정남 쉐프, 구교형 형님과 최미곤 형수님 부부, 이래저래 고마운 임자헌 임예헌 선생 자매, 든든한 후배 김주경 손주환 이승용 목사님, 옥상텃밭 최동훈 홍은혜 부부, 두레연구원의 김건호 형, 박경현 누나, 신경희 형, 늘 편들어 주는 민대백 형, 구례의 권태희 선생님, 울산의 은선, 대구의 최성훈 임재환 아우와 김형태 김민주 선생님, 청주 쌍샘자연교회 백영기 목사님과 교우님들, 화성시 환경운동가 정한철 아우, 제주의 김희란과 세인트하우스 강민창 형, 강릉 김문영 신부님과 장진원 피디님, 전주의 김종수 전도사님과 최익현 아우님, 남원 동광원 식구들, 정읍의 박지수, 거제의 곽찬미, 늘 치앙마이에서 사는 요한과 지아 부부, 논산의 배용하 형님과 달팽이 형수님 등 그대들은 이름 석 자에 다 담아낼 수 없는 이내 정情을 읽어 주기 바랍니다.

미국의 현 형님 Sue 부부, 성환 지혜 부부, 안상현, 이태후, 최용하, 홍장석, 김홍덕 형님과 늘 환대해 주는 미숙 누나와 박상진, 김주환, 정광필 아우님, 동부의 요셉과 승현 아우, 플로리다의 연경 동생, 영국의 강효원, 스페인의 뱅상 형님, 파리의 박경석, 신중환, 허은선 벗님, 오스트리아 현정원 사돈, 북경의 박명준 전 편집장, 인도 다람살라의 박혜인 누나, 브라질의 이은영 사모님, 캐나다의 황선관, 황난우, 심지수, 퀘벡의 김동규 벗님, 또 하나의 가족인 스리힐스Three Hills의 온유와 경아 누나, 하늘에 계신 사랑하는 엄마 버니스Vernice에게 따뜻한 안부 한 점 놓습니다.

가족을 빼놓을 수 없지요. 날이 갈수록 사랑하는 아버지와 엄마 그리고 장모님. 건강하게 오래 사셔야 해요. 누나들과 매형들, 늘 고마운 처형들, 처제와 처남들, 사람 좋은 동서들과 양가 조카들과 함께 출간의 기쁨을 나눕니다. 내 몸의 열매인 해민, 화니, 해언, 해든. 허물 많은 나를 누구보다 사랑해 준 애들아, 압바가 인생의 가장 힘든 시기를 통과하며 너희들에게 상처를 주었을 때 너희들은 사랑으로 되갚아 주었지. 자식이 많을수록 삶의 고통도 더하지만 너희는 책을 읽고 쓰는 것이 생활의 일부임을 알려 주고, 수시로 독서와 집필에 훼살을 놓는 너희의 순수한 얼굴은 지식의 자매인 통합성을 가르치고(feat. 세르티양주, 『공부하는 삶』), 그렇게 너희는 이 몸이 추상의 세계로 함몰하지 않도록 살아 있는 구상具象과 현실이 되어 주었지. 압바가 다른 이들보다 조금은 더 환한 얼굴을 지니고 사는 건 너희 덕분이란다.

마지막 감사의 자리는 연애 10년, 결혼 20년, 도합 서른 해를 반려해 준 내 사랑 순영이를 위한 것이라네. 미워하는 날도 있지만 대개는 날 사랑해 주는 순영이, 삶의 굴곡을 손잡고 통과하며 동지적 연대로 묶인 조강지처 순영이. 더불어 사는 날이 더할수록 그대가 사랑스러워서 얼마나 다행인지. 그대란 존재가 못내 고맙다.

이제야 책을 낳도록 거들어 주신 산파들의 차례가 되었네요. 출판사 대표이기 전에 호형호제 하며 우정을 쌓은 유유출판사 조성웅 대표님. 책이 협업의 산물임을 새삼 깨닫게 해 주신 편집자 이경민 이효선 선생님, 디자이너 이기준 선생님, 마케터 이은정 선생님, 그리고 원고에 뼈와 살을 입혀 물리적 형태를 갖추게 해 주신 제작 담당 안혜룡 대표님과 (주)제이오 직원분들, 인쇄와 제본을 책임진 (주)민언프린텍과 (주)정문바인텍 직원분들께 목례를 올립니다.

고마운 이름과 사연을 다 기록한다면 감사의 말이 본문보다 더 길어지는 사상초유의 사태가 발생할까 봐 이만 접겠습니다. 이날 이때까지 내가 기억하든 기억하지 못하든 여태까지 마음 한 조각, 말 한 마디, 밥 한 그릇, 축복 한 번, 동전 한 닢이라도 나눠 주신 모든 분께 진심 어린 감사를 올리며 혹여 실수로 빠뜨린 분이 있다면 섭섭함을 더 큰 사랑으로 바꾸어 주기를 부탁드립니다.

긴 감사의 목록을 채우며 이 모든 분들이 계셔서 저란 사람이 존재함을 고백합니다. 존 던의 시구처럼 우리들 가운데 "누구도 그 자체로서 온전한 섬은 아닐지니 / 모든 인간이란 대륙의 한 조각이며 / 또한 대양의 한 부분"임을 저리게 토로합니다. 앞에 나열한 모든 고마운 이름으로 이내 삶을 가멸케 하시고, 앞으로 더 많은 이름으로 저를 부유하게 하실 그분에게 부서진 저의 찬미 broken hallelujah를 올려 드립니다.

수유리 삼각산 자락에서

과분한 꾐을 입은, 총寵
순한 꽃망울, 순영 順英
백성을 풀어 줄, 해민 解民
진흙 속 연꽃, 화니 花泥
화해의 언덕, 해언 解堰
해든살이 해든누리, 해든

읽기의 말들
: 이 땅 위의 모든 읽기에 관하여

2017년 12월 4일   초판 1쇄 발행
2024년 11월 4일   초판 6쇄 발행

지은이
박총

펴낸이	**펴낸곳**	**등록**	
조성웅	도서출판 유유	제406-2010-000032호(2010년 4월 2일)	
	주소		
	경기도 파주시 돌곶이길 180-38, 2층 (우편번호 10881)		

전화	**팩스**	**홈페이지**	**전자우편**
031-946-6869	0303-3444-4645	uupress.co.kr	uupress@gmail.com
	페이스북	**트위터**	**인스타그램**
	www.facebook.com/uupress	www.twitter.com/uu_press	www.instagram.com/uupress
편집	**디자인**	**마케팅**	
이효선	이기준	전민영	
제작	**인쇄**	**제책**	**물류**
제이오	(주)민언프린텍	라정문화사	책과일터

ISBN 979-11-85152-73-8 03800

박총

꽃향기를 맡으면 힘이 난다는 박총은 작가이자 목사다.
인생이 비루하나 꽃과 책이 있어 최악은 면했다는 그는, 어쩌다
공돈이 생기면 꽃을 살까 책을 살까 망설이는 순간을 사랑한다.
서른 해를 길벗 한 안해(아내) 및 네 아이와 더불어 수유리
삼각산 자락에서 다복하게 산다.
소싯적에 가난도 어머니의 한숨도 잊을 수 있어서 책으로
달아났고 사춘기엔 문학소년입네 하며 보들레르와
로트레아몽을 끼고 다녔으며 성인이 돼서 내세울 거라곤
알량한 지식이 전부라 책을 팠다. "매번 불순한 의도로
접근한 걸 알면서도 책은 내게 희구와 전율을 주고, 밥과 술을
주고, 사람과 사랑까지 주었어요. 무엇보다 책 자신을 어떻게
사랑해야 하는지 넌지시 일러 주었지요." 이 책은 그렇게
책에게 진 빚을 갚고자 하는 발로이기도 하다.
곡진한 언어로 사랑과 일상의 영성을 노래한 『밀월일기』,
신학과 인문학을 버무려 대중신학의 지평을 연 『욕쟁이
예수』, 빛나는 아포리즘과 웅숭깊은 묵상을 담아낸 『내 삶을
바꾼 한 구절』로 적잖은 반향을 얻었다. 노벨평화상 수상자인
투투 주교의 어린이 성서 『하나님의 아이들』, 엘리자베스 A.
존슨의 『신은 낙원에 머물지 않는다』 등 여러 권의 역서와
공저를 내기도 했다.